転落

TKO×浜口倫太郎

幻冬舎

転落

転落　目次

プロローグ　二〇二二年　5
第一章　木下　8
第二章　芸人　37
第三章　母親　90
第四章　東京　120
第五章　転落　163
第六章　二人　246
エピローグ　二〇二三年　264
あとがき　267

プロローグ　二〇二二年

スマホが震えた。

ブルブルとテーブルの上で振動するが、俺はなんの反応もできなかった。

汗腺の蛇口をひねったように、手のひらから大量の汗がふき出てきた。

嫌な、不吉な予感……。

黒いもやのようなものが、四角い板から漂っている。その臭気が鼻孔から入り、神経を麻痺させていた。

パタッとスマホの動きが止まった。世界から音が消えたように、しんと静まり返る。部屋全体が、無機質な沈黙の箱となった。

手の汗をズボンでぬぐい、そろそろと手を伸ばす。動悸が凄まじく、息切れと目まいがする。心臓が跳ね回り、肋骨(ろっこつ)が内側から折れそうなほど、ズキズキと痛む。

スマホに触るとびくりとした。それは、凍ったように冷たかった。

画面を見ると、予想通り、マネージャーからのメッセージだった。

『投資トラブルの件、記事になります』

その一文を見た瞬間、すぐ先の未来が鮮明に見えた。

数日後、メディアはこう騒ぎ立てるだろう。

『お笑い芸人・TKO木本武宏が、投資ビジネスでトラブル。億単位の借金を抱え、芸能界追放の危機』

TKO——俺、木本武宏と、木下隆行のお笑いコンビ。

相方の木下は、中学校からの親友だ。俺達はお笑い芸人となり、苦労を重ねながらも、なんとか全国区の芸人になることができた。

ところが二年前、木下がペットボトルを後輩に投げた事件が公になり、所属する松竹芸能を退所した。コンビでの活動は休止せざるをえなくなった。

そしてこの俺は、FXと不動産の投資トラブルに巻き込まれた。お金を預けた相手にだまされてしまったのだ。

総額は、七億円近く——。

その金額の大きさに、あらためて呆然とした。これは、俺の、俺のしでかしたことなのか……本当に現実なのか？

遠くから、救急車のサイレンが耳に響いた。俺の社会的地位と精神が崩壊する序曲だ。うっと吐き気が込み上げてきた。急いでトイレに駆け込んだ。床にひざまずき、ひやりとする便器に触れながら、ゲェゲェと吐き続ける。

ただいくら嘔吐しても、唾と胃液しか出てこない。強烈な胃酸で、口の中がただれそうになる。ここ最近、体が何も受けつけなかった。

はあはあと息を切らしながら、洗面台で顔を洗う。バスタオルで水滴を拭いて前を向くと、鏡の中に俺がいた。

久しぶりに自分の姿を見た。肌がボロボロで張りがない。目の下がたるみ、頬の筋肉が落ちている。

　これが、俺か？

　女の子にキャーキャー言われ、アイドル扱いされた二十代の頃の姿は見る影もない。そこには心身共に憔悴（しょうすい）し、これからすべてを失う中年男がいる。

　その瞬間、鏡の中の自分が急ににじんだ。拭いたばかりの頬に、濡れた感触がする。涙がこぼれ出て、俺の姿をゆがませているのだ。

　何を、何をしとんねん。俺は……。

　五十歳にもなったおっさんが、芸歴三十年を超えるベテラン芸人が、こんな、こんなにみじめで情けない姿を剝（む）き出しにしている。

　世間はもちろん、お世話になった先輩や同期、そして何より後輩達。普段偉そうに接していたあいつらに、どう顔向けすればいいのだ。

　しかも、それは俺だけじゃない。俺と木下、二人そろってだ。

　お笑いコンビの不祥事はあっても、それはコンビのうち片方というのが一般的だ。なのにＴＫＯは、コンビそろって世間に醜態をさらす。こんなに無様で愚かなことがあるだろうか……。

　俺は、鏡の中の自分に問いかけた。

　なんでや、なんでこんなことになったんや——。

　鏡は応じない。ただ正確に、みっともなく泣き濡れる俺を、左右反転で映すだけだった。

第一章　木下

一九八五年

「武宏、またピーワン行くんか！」

　玄関で靴を履いていると、母さんが叫んだ。キンキン声で耳が痛くなる。世の中の母親の声は殺人兵器だ。

「別にええやろ。ほっといてくれ」

　負けじと思春期丸出しの声を返した。母親と中二の息子は、阪神と巨人のような敵対関係にある。

　ピーワンとは、ローラースケート場の『ポップスワン』のこと。俺らは略してピーワンと呼んでいる。

　近所にこんな絶好の遊び場があるのだ。遊びにいかない方がどうかしている。なんなら住んでもいい。それぐらい俺は、ピーワンにはまっていた。

母さんを無視して家を出ると、真正面に工場が見える。リフトで持ち上げた自動車のタイヤを、父さんが取りつけていた。

生ぬるい風が、鉄とオイルの匂いを運んできた。カレーの香りよりも、この自動車独特の匂いの方が、我が家って感じがする。

俺の家は、自動車整備工場をやっている。名前は、『木本自動車』。そのまんま。

護衛艦の機関士だったじいちゃんが、何か商売をしないとと考えた。そこであちこちで廃品になっている、エンジンや車の部品を再利用し出した。それが木本自動車のはじまり。今はその跡を父さんが継いでいる。

家を出ると、寝屋川が目に留まる。透明で底まで見通せるような綺麗な川ではないけれど、俺はこの川が好きだ。

川を眺めていると、心がしんとする。車の走る音やカンカンと鉄を叩く音が、スッと耳から消えていく。その感覚が心地いい。

その寝屋川の奥には、視界いっぱいに山が広がっている。生駒山だ。

俺の住む大東市は、大阪の東にある小さな市で、奈良県と接している。

山と川と車――それが、俺が一番目にしているものだ。

寝屋川を見てからピーワンに向かう。いつもは混んでいるが、今日はちょっと空いていた。

先輩達もいないので、ほっと肩の力を抜いた。ここは、やんちゃな人達のたまり場でもある。

あいつがいる……。

一人の中学生が、ぼうっとスケートをする人達を眺めている。最近引っ越してきたやつだ。

たしか名前は——木下。

学校は違うんだけど、誰かが木下をピーワンに連れてきた。

眉毛がキリッとして、すっきりとした顔立ちだ。清潔感があって、女子に人気がありそうだ。悔しいけどかっこいいな。

でも人見知りみたいで、ぽつんと一人でいることが多い。まだみんなになじめていないんだ。

木下は、スタジアムジャンパーを着ていた。胸の『P』のロゴが、キラキラときらめいている。

パーソンズや……。

このあたりの中学生で、パーソンズを着ているやつは誰もいない。かっこよくて、おしゃれ。これは友達になりたい。

ゆっくりと距離を詰めると、おもむろに話しかけた。

「その手袋おしゃれやな」

木下は、迷彩模様のミトンの手袋をしていた。おしゃれなやつは、おしゃれを褒められて悪い気はしないだろう。

急に声をかけられ、木下はまごついていた。でもすぐに反応してくれた。

「俺、兄ちゃんと姉ちゃんおるから、お古もらえんねん」

「何人きょうだいなん？」

「四人きょうだい」

「えっ、俺も四人きょうだいや。俺は一番上やけど」

俺は木本で、こいつは木下。名前も似てるし、きょうだいの数も同じ。親近感がグングン上昇してくる。

「キミ、金さんやんなあ」

「なんで俺のあだ名知ってるん？」

金とは、金玉のことだ。男にとって大事でかけがえのないお宝だ。

俺は金玉が大きかったので、『金さん』というあだ名を付けられていた。

「金さん、俺の中学校でハードルやったやろ。その時に金さんと同じ中学校の女の子が、『金さん、ヨコキン見えてんで』って叫んでてん。俺、女子がヨコキンって言ってんのめっちゃびびったわ」

「そうやんなあ。女子がヨコキンって普通言わんで」

「でもそのおかげで金さんのこと知れたから。有名な金さんが話しかけてくれて、めっちゃ嬉しいわ」

喜びを一切隠すことなく、無邪気な笑顔を見せてくれる。金玉がでかくてよかった。何か股間がポカポカとしてきた。

噂をたしかめるように、木下が尋ねる。

「金さんって中学生やのに、女の子ナンパしてるん？」

「そやで」

そう、それが俺の得意技だ。

とはいえナンパといっても、ただ女性に声をかけるだけ。高校生や大学生みたいな大人なことはできない。でも中学生からすれば、とんでもなく勇気のある行動だ。

なぜそんなことをするか？　そんなの決まってる。

目立ちたいからだ。

ナンパと金玉のでかさで、俺は一目置かれる存在になっていた。

「やっぱ金玉おっきいとナンパできるんやな」

木下が、妙な納得の仕方をする。

「俺も金さんみたいに有名になって、みんなにあだ名で呼ばれるようになりたいんやけど、どうしたらええかな？」

意欲に燃えた目を向けてくるが、すぐにしょんぼりとうなだれた。

「でも俺は、金玉のでかさ普通やから無理か……」

「……金玉は置いといて、なんか目立つことしたらええんちゃう」

口にした直後、しまったと後悔する。目立つなんて、木下には一番苦手なことだろう。

ただ、木下の表情がパッと明るくなった。何かを閃（ひらめ）いたようだ。

「金さん、ありがとう」

立ち上がり、俺、用があるから行くわ、と名残惜しそうに言う。

「ブイ」

そう声をかけると、木下がぽかんとした。

「何それ？」

「別れる時の挨拶。バイバイからバイになって、ブイに進化してん。だから俺らは、ブイって言うねん」

ブイを使えるのは友達だけ。木下、おまえは今日から俺の友達や。

その意図を感じてくれたのか、木下がニッと笑った。

「ブイ」


数日後、木下と一緒にサッカーをすることになった。メンバーは、俺が入っているサッカーチームのみんなだ。

サッカーをする前に木下と話した。

「金さん、俺やるから見ててや」

木下は意欲満々で、鼻をふくらませていた。

一体何をやるんだろう？　期待と不安混じりに、木下の様子を見守っていた。

誰かがボールを蹴ったその時だ。

「何すんねん！」

その声の方を見ると、木下と誰かがもめていた。木下が、そいつの股間を握りしめている。

「金玉離せや！」

パニクったような顔と声だ。

木下が、必死の形相で叫んだ。

「嫌や。絶対に離さへん！」

長年探していた親の敵(かたき)を見つけたように、そいつの股間から決して手を離そうとしない。

ちゃうで木下。目立つ方法まちごうてるで……。

俺は、心の中で全力でツッコんでいた。それと同時に、おかしさも込み上げてきた。

なんで目立つために、ぜんぜん知らんやつの金玉摑むん？　俺の金玉から閃いたん？

木下っておもろいやつなんや。

全員がざわついた。当然だ。シャイな転校生の木下が、とつぜん謎の行動を起こしたからだ。

その後木下には念願通り、あだ名が付けられた。

『エロ』というあだ名だ。

そして、金さんとエロは親友になった。

「木下、市民祭りにダウンタウンが来るらしいぞ」

ローラースケート場で、俺は世紀のビッグニュースを伝えた。

「マジで！」

木下が、歓喜の雄叫びを上げる。

ダウンタウン──。

松本人志と浜田雅功のお笑いコンビだ。夕方の帯番組、『4時ですよ～だ』でMCをしていて、絶大な人気を誇っている。

この番組を見るために、部活動をやめる中高生が増え、夕方四時には街から人が消えた。もちろん俺も木下も、その中の一人だ。

今関西中の人間すべてが、ダウンタウンという若手芸人に夢中になっている。お笑い界のニュースターだ。

木下が、誇らしげにうっとりとする。

「俺らの街にダウンタウンか」

「大東市なめたらあかんぞ」

「ほんまやな。サンメイツにさんまも来たことあるんやろ」

大東サンメイツは、俺達の最寄り駅の住道(すみのどう)駅のすぐ側にある、大型の商業施設だ。いろんな専門店が集まっている。

「そやで」

俺が小学生の頃、あの明石家さんまが大東市にやってきたのだ。

しかもあの大人気番組、『オレたちひょうきん族』のブラックデビルとして。

ブラックデビルは、ビートたけしが演じるタケちゃんマンのライバルで、俺が大好きなキャラクターだ。

クワックワッというあの奇妙な声をみんなマネしていた。もちろん俺も。

ブラックデビルは、生駒山に飛来してきた宇宙人だ。さんまは奈良県出身なので、生駒山になじみがあるんだろう。

俺が、いつも眺めている生駒山に不時着したんだ。もうそれだけで好きになる。

さんまが、ブラックデビルが、サンメイツにあらわれる――。

そのニュースに、大東市民は大騒ぎになった。

どうしても行きたい。さんまに会いたい。

土下座をせんばかりに母さんに頼み込み、二人で朝から並んだ。

最前列に座り、「さんまぁ！」「ブラックデビルより俺のが強いぞ！」などなど野次を飛ばしまくった。

すると、さんまが俺を舞台に上げてくれた。さすがさんまだ。俺の凄さをパッと見抜いた。

やった、やったと大喜びで舞台に上がった。ふんふんと鼻息荒く前を見た瞬間、お客さんの顔がぐんにゃりとゆがんだ。

なんだ、これ？

声を出そうとしたけど、口が開かない。脇と背中が、汗で濡れる感触がする。それが緊張だと、当時の俺は知らなかった。

さんまが、あの独特な声を上げた。

「なんやおまえ、なんも喋らんやんけ」

どっとお客さんが笑った。その瞬間石化が解けたように、視界が元に戻り、みんなが大口を開けていた。

あの笑い声と、満開のひまわりのような笑顔は、今でもよく覚えている。

そしてこうも思った。俺は面白いやつなんだって……だってみんな、俺で笑ったんだから。

木下が、感心するように言う。

「木本、爆笑とったんやろ」

「まあな。さんまも笑っとった。ダウンタウンも俺の力を必要とするかもしれんな」

「ほんまや」

輝くような木下の笑顔を見て、俺は気分がよくなった。

その数日後、俺と木下は、大型の駐車場に向かった。ここが市民祭りの会場だ。

最前列に座りたいので長時間並んだが、そんなの苦ではない。なんせ大東市に、松ちゃん、浜ちゃんが来るのだ。

入場してすぐに、お客さんで会場がパンパンになった。大東市民全員が集まってるんじゃないかと思うぐらいの人数で、その大半が若い女性だった。

そのむせ返るような甘い匂いでくらくらする。思春期の男子には刺激が強すぎる。

木下が、唖然（あぜん）として後ろを見た。

「木本……マイケル・ジャクソン来るんちゃうよなあ」

「……マイケル来ても、こんなに集まらんのちゃうか」

ダウンタウンをこの目で見られる――。

その期待で空気が煮えて、全員の頭から湯気が出ていた。

ただ待てど暮らせど、ダウンタウンはあらわれなかった。

最初は、どうしたんだろうとお客さんも心配していたが、次第に険悪な雰囲気が漂ってきた。

木下がおどおどと訊（き）いた。

「これっ、ダウンタウン大丈夫なん？」

「ほんまやな……」

この空気で登場しても、みんな笑うわけがない。

「木本、ダウンタウン助けてあげた方がええで」

口がパクパクと動いた。ほんまやな。そう答えたかったが、声帯が反応しない。

もしこんなに殺気立った中で舞台に立ったら、頭がまっ白になる程度ではすまない。緊張でショック死する。

その直後だ。お客さんから、ギャーッという黄色い声が上がった。パンと鼓膜が破れそうな声量だ。

あわてて前を向くと、二人の男が舞台にやってきた。

松ちゃんと、浜ちゃんだ――。

テレビ画面越しではなく、今俺の目の前に、あのダウンタウンがいる。

さんまもそうだったけど、何かピカピカして見える。人気芸人って、発光体なんだ。

遅れてきたのに、二人はゆっくりと歩いてくる。あせった様子もなく、まるで声援も聞こえないかのようだ。

二人がマイクの前に立つ。耳をつんざく黄色い声は鳴り止まず、その大きさは増す一方だ。三半規管がしびれてきた。

さっきまでのいらだちが、嘘のように消えている。観客の目と表情には、興奮と感動のようなものがあらわれた。

この二人ならば丸一日遅れても、歓迎されるだろう。

　そこで、浜ちゃんがはじめて口を開いた。

「うるさいわ！」

　ドン！

　何かが破裂する音が聞こえ、地面が波打った。

　それは、笑い声だった。

　これが屋内だったら、屋根がふきとんでいた。それほど爆発的にウケたのだ。

　でもさらなる驚きが、その直後に起こった。

「あざした」

　松ちゃんがぼそっと言うと、二人がそのまま舞台を立ち去った。

　木下が、あんぐりと口を開けた。

「ダウンタウン、帰ったで……」

　あれだけ待って、これで終わり——。

　ふざけるな。馬鹿野郎。なめてんのか。普通ならば、そんな罵声が飛びかうだろう。日本一、怒りの沸点が低いのが大阪人だ。

　なのにこの満足感はなんなんだ？　他のお客さんもそんな気分なのか、呆れつつも頬がゆるんでいる。

　どんよりとした曇り空を、うるさいわの一言で、雲一つない青空に変えてしまった。まるで魔法だ。

「なあ、木本」

「なんや」

木下が、うっとりするように言った。

「芸人ってかっこええな」

その一言で、さんまとダウンタウンの姿が、同時に頭に浮かんだ。

すべての人を笑顔にする男達――。

本当だ……芸人って最高にかっこいい。

「ほんまやな」

俺はそう答えた。鏡は見ていないけど、今の俺の顔は、木下と同じ表情だと思う。

一九八八年

俺は、ホットケーキを食べていた。

場所は、洋菓子店の不二家だ。ペコちゃんという、舌が長い少女がマスコットだ。もちろん、大東サンメイツの不二家だ。さんまもダウンタウンも来れば、ペコちゃんも常駐している。それが大東市民の夢の国・サンメイツだ。

周りは、学校が終わった女子高生ばかりだ。なんやねんこいつ、という冷たい視線が、俺にぶっ刺さってくる。男子高校生には辛すぎる……。

ただそんな試練を耐えてでも、俺には勝ちとりたいものがある。

ちらっと奥の方のキッチンを見ると、店員さんがホットケーキを焼いていた。

背骨がへなっとなり、うなじが燃えるように熱い。

彼女の名前は、九条由香里――。

アイドルグループ・おニャン子クラブの渡辺満里奈にそっくりだ。

俺と同じ高校で、入学式ではじめて由香里に出会った。その瞬間、世界がぐるんと一回転し、彼女以外のものに目の焦点が合わなくなった。

どんなに高価なメガネでも、どんなに優秀な眼科医でも治せない病気……一目惚れにかかってしまった。

学校で会うだけでは満足できず、彼女のバイト先である不二家にも通いはじめた。頻繁に足を運んでいる。俺は愛と情熱のホットケーキ野郎だ。

ホットケーキを食べ終えるが、まだ店を出ない。客が少なくなるタイミングを見計らい、彼女に声をかける。

「九条」

由香里は振り返ると、ニコッと笑った。

「木本君、また来たん？」

天使の微笑みに意識が遠のいたが、どうにか持ちこたえる。

「ここのホットケーキ旨いから」

由香里が、ふいに顔を近づけた。

「もしかして、うちに会いに来てんの？」

バクンと、心臓が破裂するような衝撃がした。

「そっ、そんなわけないやろ。俺、ここのホットケーキが好きやねん。ペコちゃん養子にしようと思うてんねん」

ふーんと意味ありげに由香里が言うと、別のお客さんに呼ばれた。去り際に、彼女が笑顔で言った。

「また明日、学校でね」

可愛すぎる――。

ときめきが凄すぎて、危うく死にかけた。殺人級の可愛さがこの世に存在することを、俺は今身をもって体験した。

できるだけまばたきを少なくして帰宅する。網膜に焼きつけた彼女の姿を、劣化させたくない。

家に到着したが、中には入らない。工場にあるプレハブ小屋に向かう。ここが俺の部屋だ。

じいちゃんに、「おまえはやんちゃするから家に住むな」と強制退去を命じられ、このプレハブが俺の部屋になってしまった。

俺はヤンキーでも不良でもないけれど、じいちゃんからするとそう見えるんだろう。

扉を開けると、ドンとお腹に衝撃が走った。しまった。忘れていた。

目の前には、ビリヤード台がある。

ビリヤードブームの影響で、このビリヤード台を買ったのだ。通常の三分の一の大きさだけど、この部屋は六畳しかないので、ビリヤード台で埋まっている。

「おかえり」

とつぜんビリヤード台の下から、何かがニュッと飛び出してきた。うぉっと仰天の声を上げる。その正体は、木下だった。

「何してんねん。妖怪かと思ったやんけ」

「おまえ帰って来んの待ってたら、眠くなって寝てたんや」

部屋はビリヤード台に占領されている。だから俺は、台の下に布団を敷いて寝ていた。ここは仲間のたまり場になっていて、窓から自由に出入りできる。木下は暇さえあれば、部屋に入り浸っていた。

木下がむくりと起き上がる。

「もうこのビリヤード台いらんやろ。捨てたら」

「アホか。ローン組んで買ったんやぞ」

木下がキューを持ってボールを突こうとしたが、台と壁の間隔が狭すぎて、キューを後ろに引くことができない。

「これ、意味あるか……」

ぐうの音も出なかった。


二人で苦労しながらも、ビリヤード台を外に出した。

「ひっろ、部屋ひっろ」

台を片づけると、広大な空間が広がっていた。六畳間が、野球場ぐらいの広さに感じる。

これぞビリヤードマジックだ。

「お疲れさん」

木下が会社の上司っぽい口調で言うと、オロナミンCの瓶を手渡してきた。栄養ドリンクだ。

「……おしっこちゃうやろうな」

オロナミンCの瓶を空にして、おしっこを入れてプレゼントする。それが霊長類ヒト科・木下隆行の習性だ。

「ちゃうわ。これはほんまもん」

怖々瓶に触れてみると、ちゃんと冷たい。おしっこ入りは生温かいのですぐにわかる。安心してオロナミンCを飲む。シュワシュワとした炭酸が、喉を刺激する。

この世で一番旨い飲み物は、オロナミンCだと断言してもいい。量がもう少し多ければ、文句のつけようがない。

木下とは中学生で親友になって以来、ずっと一緒にいる。きょうだいよりも過ごしている時間が長い。

木下が、瓶に口をつけて言う。

「ほんで由香里ちゃんには告白できたんか?」

「まだや」

「プレゼントとかしてみいや」

「何あげんねん」

木下が瓶を持ち上げる。

「おしっこ入りオロナミンC」

「アホか。不二家出入り禁止になるやろ」

これ見よがしに、木下が肩をすくめる。

「ナンパの金さんが、声もかけられんのか」

「……それが本気の恋なんやな」

ああ、だめだ。また会いたくなってきた。

「女に関しては、もう俺の方が上やな。なんせディスコで働いてるからな」

ふふんと木下が鼻を鳴らした。

木下は高校を中退し、今は京橋のディスコで働いている。

京橋は、ここから電車で十分ほどの場所にある、一番近い繁華街だ。

ディスコ勤めをはじめて以来、木下はシティボーイ気取りだ。

今ディスコで流行しているユーロビートの曲や、ダンスを教えてこようとする。

人見知りのシャイな木下が、ずいぶんとチャラくなったもんだ。

「それよりおまえ、そんな風にずっと遊び歩くつもりなんか？　将来どうすんねん？」

腹が立つので、木下の急所をつく。

俺の苦言に、木下がたじろいだ。

「……おまえ、ずるいぞ」

高校もやめてフラフラしているのだ。木下の親ではないが、俺でもこいつの行く末が心配になる。

「ほな、武宏はどうすんねん？」

「おまえが武宏って言うな……俺はええ大学に行って弁護士になる」

木下が、大げさに天を仰いだ。

「弁護士！　そんな成績で弁護士！　司法試験ってそんなに簡単でしたっけ？」

「やかましいわ。だいたいおまえが俺の勉強の邪魔するから、成績が落ちまくったんやろが」

高校受験の時に、俺は進学塾に通っていた。しかも特進クラスだ。けれど一つ問題があった。それは木下だ。勉強していても木下が頻繁に遊びに来て、何かと妨害してくるのだ。

おかげで勉強に身が入らず、希望校に入れなかった。もっといい高校に行きたかったのに……。

ただ正直なところ、俺はそこまで勉強が好きではなかった。やめろやと言いつつも、木下のそんな行動が、内心は嬉しかった。

たぶん木下も、俺のそんな気持ちをわかっていたのかも……いや、それは考えすぎか。

すると木下が、ふいに表情を変えた。

「俺は仕事はなんでもええけど、人気もんになりたい」

自分に語りかけるような、そんな口ぶりだった。

「人気もんか……」

その言葉が、胸の内側をそっとなでる。人気もん、有名人――それは、俺のなりたいものでもある。

そこで、ふと思い出した。

「それよりおまえ、ノルマのチケット売ってるんか」

木下がとぼけた顔をする。

「チ、ケ、ッ、ト、ッテナンデスカ？　スミマセン。ボク、日本キタバカリデ」

「チケットは英語やろ……しゃあない、おまえの分は俺がなんとかするわ」

チケットとは、バンドのライブのチケットだ。

俺は今、バンドを組んでいる。もちろん一番目立つボーカルだ。

『BOØWY』『THE BLUE HEARTS』などのバンドが大人気で、空前のバンドブームだ。

流行っていると聞けば、疾風（はやて）のごとく駆けつける。それが俺、木本武宏だ。

ただバンドというのは、練習場所とお金がいる。俺のバイト代は、由香里のホットケーキに貢ぎたい。

そこで目をつけたのが、サーティホールだ。最近大東市にできた、公共文化施設だ。

職員さんにかけ合って市役所の許可を得ると、視聴覚室にアンプを持ち込み、そこを練習場所にした。

練習もそこそこに、すぐにライブをしたくなった。どうせならば大々的にやりたい。

サーティホールの大ホールは、千人ほど収容することができる。そこでライブを開催するのだ。

木下が疑問を投げた。

「そんなに人集めれる？　ただの高校生のライブやで」

「大丈夫やって。あちこちの高校に声かけて、人気バンドに出てもらえることになったし、チケットも作って駅前で売りまくったし」

「おまえ、弁護士やなくてダフ屋やれよ」

「なんでやねん」

木下と会話をすると、『なんでやねん指数』が高くなる。

改まって、木下が眉を上げる。

「でも木本って、ほんま昔から行動力あるよな。俺、そういうのぜんぜんできへんわ」

「そうかあ？」

自分にとっては当たり前のことなので、どうもピンとこない。

そして、ライブ当日を迎えた。

俺達のバンドは演奏を終えると、舞台からスゴスゴと引き下がった。

お客さんは千人近く集まったが、その反応は乏しかった。大勢の観客の前で、実力不足を露呈した。

なんでライブなんかやりたかったんやろ？

自分でもびっくりするほど、バンドへの熱意が急速に冷めていく。今日がバンドの解散デーかもしれない。

ただ幸いなことに、他のバンドの演奏はうまくいった。さすが各校選りすぐりの人気バンドだ。

これで、お客さんから文句は言われないだろう。主催者として、ほっと肩の荷が下りた。

舞台袖には、木下とメンバーがいた。他の人間は表情が硬いが、木下は涼しい顔をしている。緊張感がまるでない。

木下のやつ、えらい目にあうぞ。

俺や他のバンドはみんな顔見知りだが、木下のバンドは誰も知らない。俺が大失敗したのだから、木下も道づれだ。

出番がきたので、木下が登場した。

そこでふと気づいた。ライトの下で照らされる木下は、いつもの木下と違って見える。なんて表現したらいいんだろう。

そう、様になっている——。

早速、木下が歌いはじめた。THE BLUE HEARTSの曲だ。このバンドは木下がボーカルだ。

その瞬間、不思議な感覚に襲われた。

ステージ上の木下から、突風のようなものが吹いた。その風が逆巻いて俺を掴み、ぐいっと引きずり込んでくる。

お客さんの熱気がグングンと上昇する。さっきまでと空気があきらかに違う。

歌唱力でいえば、木下の前に登場したボーカルの方が上だ。けれど歌に込める熱量は、木下の方がはるかに上回っている。

座っていた観客が立ち上がり、拳を高くつき上げている。中には飛び跳ねて叫んでいる人もいた。熱狂と興奮が、ホールの中で渦巻いている。

嘘やろ……。

これがあの木下なのか？　金玉を摑んでエロと呼ばれたり、空き瓶におしっこを入れてプレゼントする木下なのか？

もしかすると俺は、凄いやつと親友になったんじゃ——。

木下の歌に、俺も飛び跳ねていた。

一九九〇年

「ご飯できたよ」

母さんに呼ばれて、俺は食卓へと向かった。

テーブルの上には、大量のからあげがあった。油が照明を反射し、キラキラと輝いている。食卓を彩る、ブラウンの宝石——大学生になっても、からあげはテンションが上がる。

リビングに入ると、父さんはすでにいた。まだ仕事が終わっていないので作業着姿だ。その手はまっ黒だ。

オイルやブレーキダストで手や爪が汚れ、指紋にまで入り込んでいる。何度洗っても、元の手には戻らないだろう。自動車整備工の、父親の手だ。

家族が全員集まる。高校生の妹、中学生の妹、そしてぐっと年が離れた小学生の弟。弟を中心に学校の話をしていると、父さんがふいに尋ねた。

「武宏は大学はどうや？」

ぶっと口からからあげが飛び出した。汚なっ、と思春期の妹達が非難の声を上げる。

「まあ普通」

動揺で声が震えないように、注意して応じる。

俺は、大学に行ってなかった。

英語が勉強できるからという理由で、新設されたアメリカの大学の日本校に入った。

でも入学しても勉強する気はおろか、なんの気力も湧かず、大学から足が遠のいていた。

この事実を父さんが知れば、説教どころの騒ぎではない。


ボロを出さないように、速攻で夕飯を食べ終わり、自分の部屋へと戻った。

カレンダーを見ると、平成二年と書かれている。

昭和が終わって、年号が平成になった。未だに平成という名称が、目にも耳にもなじんでいない。

新しい時代が到来したんだ。木本武宏。早くおまえも大人になれよ、と平成に急（せ）かされている気分だ。早くも昭和が懐かしい。

ゴロンと布団の上に寝転がり、ぼんやりと天井を眺める。

俺、将来何するんやろ……。

弁護士になりたい。以前はそんな願望を抱いていたが、もう不可能だと思い知った。

世間は好景気だ。贅沢さえ言わなければ、どこかに就職はできるだろう。

ただ大学すら行く気がない俺が、会社勤めなんてとても無理だ。

となると消去法により残るのは、自動車整備工になることだ。

好きなことをしたらええ。

それが父さんの口癖だ。父さんはじいちゃんに跡を継げと命じられて、しぶしぶ従った。

だから俺は、そんな目に遭わせたくないそうだ。

ただ本音の本音では、俺に家業を継いで欲しいんだろう。俺は長男なのだから、それが一番自然な選択だ。

でも俺に、自動車整備工はできない。

職人のようにコツコツと仕事をするなんて、俺の性に合わない。

それよりも俺は、もっとでかいことをしたい。漠然としているが、大きなことを成し遂げたい。

野心がドクドクと脈打ち、みぞおちが熱くなる。

けれど、それが何かがわからない。それに仮に見つかったとしても、その夢を叶える自信もない。矛盾で胸が苦しくなる。

「くそっ」

ガリガリと頭をかきむしり、ふて寝をした。肌に触れる湿ったシーツの感触が、いつもより不快に思えてならない。

一週間後、俺と木下は、和歌山の白浜にいた。

白浜に遊びに来たのは気分転換のためだ。はしゃいで遊べば、うつうつとした気持ちも晴れるだろう。

アドベンチャーワールドでさんざん騒いだあと、二人で温泉に行った。白浜といえば温泉だ。

「最高やな」

木下が腰に手をあて、仁王立ちする。ちんちんが丸出しだ。

そこには水平線まで見渡せる青い海と、目が洗われるような、白い砂浜が広がっている。『白浜』という名称は、誇張でもなんでもない。

ジャグジーに浸かりながらその絶景を眺めていると、いらだちや鬱屈が、湯の中に溶けていく。

ふいに、苦言が口をついて出る。

「おまえ、いつまでフラフラしてんねん」

今、木下はバーで働いている。定職に就く様子もまるでない。

「ええやろ別に。フリーターや、フリーター」

アルバイトの新しい言い方だが、たしかになんだかかっこいい。言葉って不思議だ。

「焼肉屋やったらどうや」

木下の実家は焼肉屋だ。木下のお母さんが焼肉屋をはじめて、今はかなりの人気店になっている。

「焼肉は好きやけど、俺は食べる方がええわ。それに店は、兄ちゃん達がやってるからなあ」

そうだった。こいつは四人きょうだいの末っ子だ。長男である俺とは立場が異なる。

「それに焼肉屋で、人気もんにはなれんやろ」

人気もん——そういえば木下は、以前からずっとそう言っている。昔からなりたいものが変わっていない。

「でも俺ら人気はあるやろ」

俺と木下は、グループの中心的存在だ。

木下がお湯を手ですくい、バシャッと自分の顔にぶつけた。その勢いを声に込める。

「地元ではな。俺はもっとスターになりたいねん」

あっ……その瞬間、脳裏を雷のようなものが横切った。その残光の下で、木下が佇んでいる。

裸の木下ではない。高校の頃、ライブで千人近くの大観衆から、喝采を浴びていた木下だ。

なぜ木下が、あれだけのお客さんを熱狂させられたのか？　当時はわからなかったが、今なら理解できる。

華だ——。

木下には華があるんだ。そしてそれは、俺が持っていないものだ。でも俺になくてもかまわない。

「木下、一緒に芸人やらへんか」

芸人、お笑いコンビならば、二人の力をかけ算できる。

「芸人か」

木下が興奮気味に言う。

「そや。俺とおまえでコンビを組むんや。お笑い芸人になったら人気もんになれるぞ。さんまやダウンタウンみたいに」

大東サンメイツでさんまとダウンタウンを見た時、もう俺達の未来は決定していた。忘れていたのが不思議だ。

芸人だ。芸人以外の道なんてない。

「芸人なあ……」

そうつぶやくと、木下が顎に手をあてて、何やら思案しはじめた。ドキッと胸が痛くなる。そういえば、断られることを考えていなかった。

もし木下が首を横に振ったらどうする？　別の相方を探すか？

いや、だめだ。木下以外の相方なんてありえない。こいつでなければ、売れる気がしない。

固唾を呑んで木下を見つめる。クソッ、なんで木下相手に緊張するんだ。絶世の美女じゃないいんだぞ。

永遠とも思われる時間が過ぎたあと、木下が、重い口を開いた。

「ええで。コンビ組も」

そう言うと、屈託のない笑みを浮かべる。

「そうか。じゃあ組もか」

裸で駆け回りたいほど嬉しかったが、あえてそっけなくふるまう。

由香里に告白してＯＫをもらえた時も、喜びが爆発したが、これも同じぐらい……もしかするとそれを上回るほど嬉しい。ごめん、由香里——。

あれっ？　そこで異変に気づいた。木下の股間が、さっきと形状が違う。

「おまえ、何勃起してんねん！」

ザバッと木下が立ち上がった。ビンとあそこがそそり立っている。

「えっ、なんで？」

「俺が訊きたいわ。どこの世界にコンビ組んだ直後に勃起するやつがおんねん」

「どうしよ？　ぜんぜんおさまらん」

木下がおろおろすると、ちんちんが左右に揺れた。

「木本、相方やろ。なんとかしてくれ」

「どんな相方やねん！」

そう言いながらも、笑いが止まらなかった。

やっぱり、木下は最高におもろい。そして木下とならば絶対に売れる。

白い砂浜を眺めながら、俺はそう確信した。

第二章　芸人

「事務所は吉本か」

木下が、目を輝かせて訊いてきた。

コンビを組むと決めたので、早速俺の部屋で作戦会議を開く。

「まあそやな。さんまもダウンタウンも吉本やからな」

木下が指を振った。

「さんまさんとダウンタウンさんやろ。俺らもうプロなんやから、兄さん方はさん付けで呼ばなあかんぞ」

まだ養成所にも通ってないのに、なんて気の早いやつだ。

関西で芸人を志すならば、当然吉本興業だ。

明石家さんま、島田紳助、ダウンタウン——次々と人気芸人を輩出している、お笑い界の王国だ。

さんまとダウンタウン……違った。さんまさんとダウンタウンさんを見て芸人を目指すのだから、当然吉本に入るのが自然な道だ。

芸人になる方法は、大きく二つ。

芸人の弟子になるか、芸能事務所が運営する養成所に通うかだ。今は弟子入りではなく、養成所から芸人になるのが一般的だ。

吉本興業の養成所が、『NEW STAR CREATION』、略して『NSC』だ。ダウンタウンさんを輩出したことでも知られている。

ただNSCに入るには、一つ大きな問題があった。

「俺もNSC行くのがええと思うけど時期が悪い」

「時期ってなんや?」

NSCの資料を木下に渡した。

「NSCの入学時期は四月で、今は八月やぞ。半年以上待たんとあかんねん。そんなん嫌やろ」

芸人になると決めたからには、今すぐやりたい。

「ほなどうすんねん?」

「……ちょっと考える」


三日後、朝飯を食べにリビングに向かった。

他に芸人になる道を探すため、オーディション雑誌を読みふけったが、空振りに終わった。

結局NSC以外の選択肢はない。ただ八ヶ月はあまりに長すぎる……。

頭を悩ませながら、読売新聞を開く。新聞紙をめくろうとしたが、右隅の広告に目が留まった。

そこにはこれでもかと言うほど、満面の笑みを浮かべる男性の写真があった。元気とはつらつさが、紙面から飛び出している。

森脇健児だ——平日夕方の帯番組、『ざまぁＫＡＮＫＡＮ！』で人気を集めるお笑い芸人で、若い女性の支持は凄まじい。

広告の内容は、松竹芸能の養成所生を募集するものだった。

松竹芸能？　芸能ってことはお笑いの事務所なのか？

台所の方を見て、大きめの声で尋ねる。

「お母さん、松竹芸能って知ってる？」

母さんが、エプロンで手を拭いた。

「あんた知らんのか？」

「知らん。吉本は知ってるけど」

「昔は吉本ぐらい松竹も有名やったんやで」

「マジで……」

そんな事務所が関西にあったのか。しかも吉本ぐらい有名？　がぜん興味が湧いた。

木下に電話をして、緊急の会議を開くと告げた。

あれから図書館に行って、松竹芸能を調べた。

母さんの言ったとおり、関西のタレント事務所では、吉本興業と松竹芸能が二大巨頭だ。

お互い抜きつ抜かれつのライバル関係だったが、吉本がある時期一気に加速した。それが漫才ブームだ。

Ｂ＆Ｂ、ツービート、紳助・竜介らが中心となり、漫才が一躍大ブームになった。日本中を漫才が席巻したのだ。

そこで活躍した漫才師の多くが、吉本の芸人だった。漫才ブームの影響で、吉本は急激に力を増し、松竹は後手に追いやられた。

部屋にやってきた木下に、開口一番言った。

「松竹行くぞ」

「えっ、松竹？　そんなん聞いたことないで」

「アホか。森脇健児も松竹やろ」

「そうなん」

知りたてホヤホヤの知識を、前から知っていたかのように披露する。

「それでも吉本の方がええんちゃう？」

木下が抵抗を見せるが、これは想定内の反応だ。

「ええか、吉本はとにかく競争率が高い。ダウンタウンさんの影響で、毎年とんでもない人数がＮＳＣに入るんや。ほんで卒業する頃には数組しか残らん」

下調べは念入りにやっている。

「……それは厳しいな」

「せやけど松竹の養成所やったら人数が少ない。しかも吉本避けてくるやつらやから、実力的にはたいしたことない。俺らやったらごぼう抜きできんぞ」

「なるほど」

「しかも松竹は、募集が年に四回。吉本に入るには来年の春まで待たなあかんけど、松竹やったら秋には入れる。つまりその分売れる時期が早まる」

「……それはええな」

木下のガードがゆるんできた。ここでとどめだ。

さっきの読売新聞の切り抜きを、木下に手渡した。そこにはこうデカデカと書かれている。

『即戦力求む！』と。

木下が、カッと目を見開いた。

「即戦力って、じゃあ松竹入ったら……」

「俺らはすぐにスターや」

そう断言すると、木下がうなるように言う。

「さすが木本。ほんま頭ええな」

「まあ、俺に任せとけ」

筋肉質な鳩のように胸を張る。

「俺、お母さんとみんなに言うてくるわ。松竹入って芸人になるって」

勢いよく、木下が立ち上がった。

俺、母さん、父さん……いつもは他の家族もいる食卓に、今はこの三人しかいない。

今から芸人になるための、最初の試練に挑まなければならない。

先手を打つように、ガバッと頭を下げた。

「ごめん。俺、大学行ってへんねん」

父さんが目の色を変えた。

「なんやと」

「俺、芸人になりたいんや」

テーブルの上に、スッと書類を置く。松竹の養成所の合格通知だ。

「……芸人って、武宏が芸人になるんか？」

あまりに意表をつかれたのか、父さんがぽかんとする。

ただ、母さんは眉一つ動かさない。たぶん薄々気づいていたんだろう。俺のことは、母さんが一番よくわかっている。

「そや。父さん言うてたやん。好きなことやれって」

「……それは言うたけどやな」

手を合わせて懇願する。

「頼む。大学の学費もちゃんと返すから」

「……でもなんぼなんでも芸人はないやろ」

父さんが難色を示している。最悪反対されても強行するつもりだが、可能ならばそれは避けたい。

「まあ武宏がやりたい言うてるんやから、やらしたったらええやん」

母さんが助け船を出してくれた。

父さんはチラッと俺を見ると、苦い顔で肩をすくめた。

「……しゃあないな」

なんとかなったか、と胸をなでおろした。最初の試練クリアだ。

父さんが仕事に戻ると、母さんに礼を述べた。

「ありがとう。助かったわ」

母さんが、はあと息を吐いた。

「どうせ武宏は反対されてもやるんやからな。それやったら、お父さんにええ言うてもろうた方がええやろ。それとこれ」

母さんが、封筒を渡してきた。中を確認すると、お金が入っていた。十万円ほどだ。

「これ何？」

「養成所の授業料や。これ使い」

感謝の気持ちで、胸がふわふわした。母さんは俺のことを、一番よくわかっている。それは知っていたが、ここまで用意しているなんて……。

「……あんがと」

「あげるんちゃうで。ちゃんと返しや」

「わかってるわ」

最後にオチをつけるのも母さんだ。母さんのためにも絶対に売れる。やる気に火がついた。

俺達は、大阪難波の戎橋の上にいた。

戎橋は、道頓堀川にかかる橋だ。ナンパスポットでもあるため、『ひっかけ橋』という通称で呼ばれている。

寝屋川という川の側で育ったせいか、川があると心が落ちつく。大阪は水都なのだ。

「いよいよやな」

緊張した面持ちで、木下が拳をつき出した。その先には、グリコの看板があった。

今から、芸能養成所の授業があるのだ。

芸人になると決めたのが八月で、今は十月。たった二ヶ月で芸人になれるのだ。やはり松竹を選んでよかった。

まずは大阪でのし上がる。その決意を形にするため、大阪の象徴である道頓堀に来た。

ここから芸人人生の幕が上がるのだ。

木下が、鼻から熱い息を吐く。

「十二万三千六百円も払うんやからな」

それが授業料の値段だ。木下も、親に出してもらったそうだ。売れて必ず返す。

二人同時に、芸人への第一歩を踏み出した。

と、かっこよくスタートを切ったが、目的地は目と鼻の先。グリコの看板から、目線を左斜めに移せば見える。

古い建物だ。窓の上部分がアーチ状で、昔の西洋風という感じだ。

表には、芸人の顔写真と名前が書かれた看板がドンと置かれ、建物には緑色のマークが刻まれていた。松と竹を組み合わせたデザイン。松竹のロゴマークだ。

これが、浪花座だ。

江戸時代から道頓堀は芝居小屋が建ち並び、芝居の町と呼ばれていた。その歴史を今も受け継いでいるのが、この浪花座。もちろん図書館で調べた知識だ。

ここは一階が映画館で、その上に演芸場があるという造りだ。

後ろの通用口から入って、狭い螺旋階段を上がると、三階に到着する。

ここが松竹の養成所だ。

扉を開けると、むわっとした熱気が漂ってきた。たくさんの人間が、板の間で体育座りをしている。五十人ぐらいだろうか？

壁の一面が鏡張りなので、余計に人数がいるように感じられる。

わかりやすく、木下がそわそわする。

「結構人数おるやん」

木下には、いても十人ぐらいだろうと言っていた。

「……たいしたことあらへん。しょせん吉本から逃げてきた連中やろ。すぐにごぼう抜きできるって」

「なるほど。そっか」

曇り顔がすぐに明るくなる。うらやましい性格だ。

授業が開始されると、いきなりネタ見せがはじまった。三分ほどのネタを作ってこいと事前に言われている。

事務所の社員と作家が、パイプ椅子に座った。

社員はわかるが、作家ってなんだ？　お笑いに小説は関係ないだろう。ただびっくりするほど偉そうでおっかない。

二人が人殺しのような目をして、俺達を見つめている。

ここ、お笑いの事務所だよな？　ヤクザの組事務所じゃないよな。

そう錯覚するほど、殺伐とした空気だ。

全員がUの字になってスペースを作ると、一組目のコンビがネタをする。

時間が経つにつれて、全身が震えてきた。

どのネタを見ても、誰も笑わない――。

もちろんみんな素人同然なので面白くないが、それにしても異常だ。

口角は下がったままで、頬はピクリともさせない。意地でも笑うものか。そう心に決めているかのように。

そうか。ここにいる人間は、全員ライバルなのだ。笑えば敵への加点になる。

笑わせる人間が笑わない……なんて矛盾だ。

俺と木下の番がきた。二人で前に出ると、鼓動が激しくなる。バクバクと、心臓が大口を開けて喋っているみたいだ。

前に出たが、意識が遠のきかけた。社員も生徒も、蜃気楼のようにゆれて見える。

木下が、肘で俺をつついた。

「おい」

そこで我に返り、上ずった声を出す。

「コント、ブティックＢＯＯ」

俺がブティックの店員で、木下が服を買いに来る客だ。ただ木下が服を買わず、ひたすらダンスをしている。

ネタを作れと言われても、俺達はお笑いの勉強をしていたわけではない。そこでおしゃれとダンスという、自分達の得意なものを詰め合わせた。

誰も笑うどころか、頬がゆるむ気配すらない。ギシギシと床が強烈な音を奏でて、俺達の声をすべてかき消す。

なんでお笑いの養成所の床が、こんなにうるさいんだ。ウケないのを床のせいにするしか、心の持って行き場所がない。

コントを終えると、社員も生徒も静まり返っている。

作家が、不機嫌そうに言う。

「なんや、それ？　ただ踊ってるだけやないか。そんなもんネタちゃうやろ」

「……すみません」

頭を下げる。ウケないし、怒られるし散々だった。さすがの木下もしゅんとしている。

逃げるようにして、二人で元の位置に戻る。

何組かネタをしたあと、二人の男がおもむろに立ち上がった。

一人は痩せ型で背が高く、へらりとしたヘチマのような顔をしていた。体型も表情も、なんだか頼りない。

もう一人は童顔で、黒目が大きい。何より印象的なのが、眉毛の太さだった。どこか犬を連想させる顔立ちだ。

なんだこいつら？　どちらもださくて覇気がない。完全にオタクだ。クラスにいたら絶対友達にならないタイプだ。

こんなやつが、芸人を目指しているのか。あきらかに方向性を間違えている。

トントンと、木下が膝で、俺の太ももをつついた。「なんやあれ」と木下が目で訴えかけている。木下も同じ感想を持ったのだ。

ひょろ男と眉毛男が、コントをはじめる。

美容室のコントだ。眉毛男が美容師で、ひょろ男が客だ。

ブティックと美容室の違いはあるけど、俺達と設定はほぼ同じだ。

眉毛男が声をかける。

「今日はどういう風にいたしましょうか？」

ひょろ男が、感情のない口調で返した。

「たくあんにして」

普通のコントならば、「なんでやねん」とツッコむところだが、眉毛男の行動は違った。

そろそろと本物のたくあんを、ひょろ男の頭の上に載せたのだ。

その瞬間、ゾワゾワと全身に鳥肌が立った。

なんだ、これ……？

ツッコミもないし、声も張らない。意味不明な展開が、棒読みのような口調でくり広げられる。

お笑いに詳しいわけではないが、コントの、お笑いのセオリーを全部無視している。

なのに——圧倒的に面白い。

スポンジで吸ったように、口の中がパサパサになった。衝撃とあせりで、わっと叫んで窓から飛び降りたくなった。

嘘だ。嘘だ。ここは吉本じゃない。松竹だぞ。ごぼう抜きできるから、ここを選んだんだぞ。なのに、なぜこんなやつがいるんだ？

ひょろ男の名前は、有野晋哉。眉毛男の名前は、濱口優。

コンビ名は『なめくぢ』、後の『よゐこ』だった。

授業が終わると木下と一緒に、一目散に俺の部屋に帰った。もう一秒たりとも難波にいたくなかった。
二人並んで電車に揺られる。早く住道に着いて欲しい。寝屋川と生駒山を見ないと、平静に戻れない。
木下が、ぽそりと言った。
「あのたくあんのやつら凄かったたな」

「……あともう一組もな」

そう、他にもとんでもないコンビがいた。『のイズ』というコンビだ。

太ももが震えはじめ、ぎょっとして押さえ込む。

楽勝だと思っていた松竹芸能に、あんな芸人達がいるなんて……同じ事務所なので、あの二組が直接のライバルになる。

どっちも本気でお笑いをやっていた。その情熱が、ネタからほとばしっていた。

一方俺達はどうだ？　お笑いへの熱い想いなんかあるか？

仲間うちでは笑いをとっていた。みんなの中心的存在で、人気もあった。

すぐに売れっ子になれる。そう気楽に考えていたが、そんな甘い世界ではない。それを痛感した。

松竹で、たくあんのような天才がいるのだ。吉本だったらゴロゴロいるだろう。そんな連中に勝てるわけがない。

俺達はスターになれない……芸人になった初日で、その事実を確信してしまった。

木下、やっぱ芸人はやめとこか――。

軽い口ぶりでそう言おうとした。でも唇に膜が張ったように、なぜか声が出てこない。

木下を盗み見る。木下も、心をボキッとへし折られたはずだ。だったら木下の方から先に言い出してくれ……。

その願いが届いたように、木下が口を開いた。

「なあ木本……」

「なんや」

「やっぱ芸人やめよっか」

あっけらかんとした口調だ。やはり木下も同じ考えだった。

「そやな」

そうだ。俺達は飽き性なんだ。ビリヤードもバンドも、すぐにやらなくなった。お笑いもその一つだったんだ。

ははっと自嘲の笑みが浮かぶ。そう思ったのだが、何か違和感があった。

心の亀裂から、別の感情が顔を出してきた。それは、苦い苦い悔しさだった。

その意外な感情に、俺はおろおろした。

すると、木下がこんな提案をした。

「でも十二万三千六百円損したままなんは嫌やん。他にやりたいこともあらへんし、せめてその分を取り返すまでは、松竹おろうや」

たしかに母さんに借金を返したい。バイトではなく芸人のギャラで。

「それはそやな。そうしよ」

とりあえず結論は先延ばしになった。


俺と木下は、バスの後部座席に座っていた。

ここは、京都の清水寺の駐車場だ。

バスの中にはおじいちゃんやおばあちゃん、子供達もいる。

今日は、ドラマのエキストラの仕事だった。松竹はドラマの制作をしているので、若手芸人にはこんな仕事もあるそうだ。

木下が、ほくほくと言った。

「俺らの初ギャラは三千円やな」

「そやな」

気のない返事をすると、とつぜんバスの中がざわざわした。

正面を見て、あっと息を呑んだ。

ある男性が、バスに入ってきた。丸いメガネと下がり気味の眉と、垂れた糸目。チーズがとろけたような顔立ちだ。

笑福亭鶴瓶——。

大人気の落語家だ。

その柔和な外見と軽妙な語り口で、絶大な人気を誇っている。俺達が子供の頃からテレビに出ていて、一日たりとも見ない日はない。関西人のお茶の間には、鶴瓶さんが住んでいる。

今日撮影しているドラマの主役が、鶴瓶さんだ。でもなぜ主役の鶴瓶さんが、エキストラのバスに乗り込んでくるんだ?

鶴瓶さんはまっすぐ歩いてきて、俺達の前の座席に座った。半身を横に向けて話しかけてくる。

「自分らＴＫＯいうんか」

ＴＫＯ——それが俺達のコンビ名だ。

俺も木下も、イニシャルがＴ・Ｋだ。それにボクシングのテクニカルノックアウト、ＴＫＯをかけてみた。

付けたばかりのコンビ名を、あの鶴瓶さんが知っている。しかもいつも聞いている、あの粘っこい喋り方で。

わっ、わっと声が出そうになるのを、懸命に堪えた。

「はっ、はい。そうです」

かん高い声で応じる木下に、鶴瓶さんがグニャッと目を細めた。

「おもろいもん、見せたるわ」

そう言うと、バスから出て行った。

窓の外を見ると、騒ぎが起きていた。急にあの笑福亭鶴瓶があらわれたので、観光客のおばちゃん達がたまげている。

鶴瓶さんが話しかけると、その驚きの表情がまろやかになる。一瞬で懐に入り込んだ。次第に人の輪ができはじめた。鶴瓶ちゃん、鶴瓶ちゃんとおばちゃん達が、鶴瓶さんにベタベタと触っている。

その騒ぎ声と笑い声で、窓ガラスがビリビリと震えた。

やがて鶴瓶さんがバスに戻ってきた。さっきのように席に座ると、

「どうや」

自慢げに目尻を下げる。

「……どうやって、何がですか？」

怖々と木下が尋ねた。

「最初、おばちゃん達は俺に緊張してたやろ。でも後半はどうやった？　俺の体触って、鶴瓶ちゃん言うてゲラゲラ笑(わろ)とったやろ」

「はい」

「おまえらにあんなんできるか？」

木下が首を振る。

「できません……」

「ほな、俺の勝ちやな」

心底嬉しそうに、くしゃくしゃっと笑った。日本中を虜(とりこ)にする、鶴瓶スマイル——。

ふふんと足取り軽く、鶴瓶さんはバスを降りていった。

俺と木下は、しばし呆然としていた。

あれほどの超売れっ子芸人が、芸歴一年目の、明日辞めるかもわからないひよっこに対して、あんなことをしてみせる……。

誰よりも俺の方がおもろい。第一線の芸人は、そんな心意気で日夜戦っているのだ。

俺は、何がどう転んでもああはなれない。それを、まざまざと見せつけられた。

木下が、半開きの口で言う。

「鶴瓶さんってバケもんやな……」

「ほんまやな」

俺は、しっかりとうなずいた。

「はい。これギャラね」

社員が茶封筒を渡してきたので、「ありがとうございます」と礼を述べた。

ここは松竹芸能の本社だ。給料日になると、こうして手渡しでくれる。

同じくギャラを受け取った木下が、肘でつついてきた。

「木本、あれ見てみ」

その視線の先には、ベテランの芸人がいた。俺達と同じく封筒を受け取っているが、その厚みがまるで違う。ゴクッと生唾を呑み込んだ。

あんな風になりたいが、俺達では到底無理だ。あれから週に一度の養成所通いは続いているが、まるでウケない。

事務所を出て、浪花座に向かう。今日は授業がある日だ。

三階の養成所に入る直前で、「忘れんうちに書いとこ」と木下がかばんからノートを出した。鉛筆を片手に計算をはじめる。

「えっと、もらったギャラの六千円をひいて」

十二万三千六百円までの道のりは長いが、着実に減ってはいる。目標金額に達成すれば芸人を辞められる。

正直、もう芸人なんてどうでもいい。養成所に通っているのも、授業料を損したくないだけだ。

「木下、芸人辞めたら何する？」

「そやなあ。何しよっかなあ」

木下が腕組みをする。

養成所初日から考えているが、何も思いつかない。できることならば、木下と一緒に何かしたい。でもそんな仕事が、お笑いコンビ以外であるのだろうか？

階段の下から、コツコツと音が聞こえてきた。出番の芸人が、舞台に上がってくるのだ。

浪花座は二階が楽屋で、三階に劇場があるという造りだ。養成所の隣に舞台がある。

俺と木下は、廊下の隅に引っ込んだ。

階段を上がってきたのは、スーツを着た老人だった。両脇を若い男に抱えられている。

その老人の姿を見て、我知らず姿勢を正していた。

いとし師匠や……。

夢路いとし・喜味こいしの兄弟コンビ。

兄がいとしで、弟がこいし。関西ではみんな、いとこいさんという愛称で呼び、誰もが知っている芸人だ。

いとこい師匠は、上方を、いや、日本を代表する名漫才師だ。

名だたる漫才師が、「いとこい師匠みたいになりたい」とその憧れを口にしている。

まさに、漫才の神様だ――。

その神様が、とつじょ降臨した。

ただ、今目の前にいるいとし師匠は、自分一人では階段も上がれない。高齢なので、かなり弱っている様子だ。若い男性達はお弟子さんみたいだ。

いとし師匠が舞台袖に立つと、お弟子さん達が離れた。

この廊下と舞台は直結しているので、その様子がよく見える。

いとし師匠の背は曲がり、今にもコテンと倒れそうだ。

木下が、はらはらするように訊いた。

「いとし師匠大丈夫なん？」

たしかにあんな様子で漫才なんかできるのか？　お客さんも笑うより、心配の方が勝つんじゃないのか？

だが出囃子が鳴ると、あっと息を呑んだ。

いとし師匠の背筋が伸び、肩がぐっと横に開いた。遠目にも、目に輝きが宿ったのが見てわかる。

それから後光が差したように、暗い舞台袖が明るくなった。いとし師匠が、颯爽と舞台に上がっていく。

今まで弱っている演技をしていたのか？　そう勘ぐりたくなるほど、たしかな足取りだった。

ドカン、ドカンと、客席から爆笑が噴火した。

晴天の下の一本道。そのまん中を堂々と歩くような、王道のしゃべくり漫才――。

この人は、一体どれほどの人を笑わせてきたんだろうか。その両耳は、日本一笑い声を聞いている耳だ。

舞台が終わった。

客から見えない位置まで来ると、いとし師匠の体がしゅんと小さくなった。あの光も、煙のようにかき消えた。

あわててお弟子さんが駆け寄り、また両脇を抱える。

どれだけ弱っていても、客前ではその姿を見せない。その凛(りん)とした所作に、俺は胸が熱くなった。

いとし師匠が引き返してきたので、俺と木下は居ずまいを正した。

俺達の側を通り過ぎる瞬間、いとし師匠の横顔がスローモーションで見えた。

かっこいい――。

失礼だけど、どう見てもよぼよぼのおじいちゃんだ。なのに、どんな俳優よりも絵になっている。

これだ。これが真の芸人なんだ。

さんまさん、鶴瓶さん、ダウンタウンさん、そして、いとしこいし師匠……。

芸人は、とてつもなくかっこいい。いとし師匠が、それを思い出させてくれた。

ゆっくりと螺旋階段を下りる、いとし師匠の小さな背中を、俺はずっと眺めていた。


「そんなわけあるか！」

天保山(てんぽうざん)公園で、俺の大声が響き渡った。

視線を上げると橋が見えて、その下には大きな川が流れている。これが大阪湾へと繋(つな)がっていく。

潮風が頬をなで、海の匂いが肺を満たす。同じコントでも、養成所でやる時とはまた感覚が異なる。

コントの練習は、とにかく場所に困る。声も張るし、動き回るからだ。いろんな場所を探した結果、ここに行き着いた。

木下が尋ねた。

「由香里ちゃん、どうやった？　今のネタ」

大階段の一段目に、由香里が座っていた。ジーパンに、白いナイキのナイロンパーカーがよく似合っている。

高校生の頃から付き合っているので、木下とも顔見知りだ。最近新ネタを作っては、由香里に見てもらっている。

由香里が笑顔で首を振る。

「ぜんぜんおもんない」

なんて辛辣なやつなんだ……可愛いだけに、よりグサッと胸に刺さる。

十二万三千六百円を払えば芸人は辞めるつもりだが、せめて養成所でウケるコントを作って辞めたい。それが今の目標だ。

弱音とうらやましさが、口からこぼれ落ちる。

「俺らはやっぱ、なめくぢさんみたいにはなれんな」

会えば会うほど、濱口さんと有野さんとの距離が遠く感じる。二人が半年先輩なのが、心の慰めだ。

由香里が目をパチクリさせた。長いまつげが上下に揺れる。

「そんなにおもろいんや。なめくぢって」

「めちゃめちゃおもろい。ほんで新しい」

たくあんのネタを見たら、由香里も度肝を抜かれるだろう。

木下が、浮かない顔で言った。

「どうやったらあんなおもろなれるんやろな」

由香里が小首を傾げた。

「そんなん簡単やん。そのなめくぢと仲良くなったらええやん」

鼻で笑った。

「何言うてんねん。先輩やけどライバルやぞ。敵と仲良うなれるか」

「でもおもろい人と仲良うなったら、ネタの作り方とか教えてもらえるんやない」

「ほんまや……」

木下と顔を見合わせる。なぜそれを思いつかなかったんだろう。


その次の養成所の授業のあと、有野さんと濱口さんに声をかけた。

「よかったら一緒にご飯行きませんか？」

「ええで」

仲良くなろう作戦、第一段階はクリアだ。

四人でお好み焼き屋に入ろうとすると、木下が店の前で立ち止まった。

「何してんねん。入るぞ」

「俺、金ないからここで待っとくわ」

芸人になると、木下はバイトを辞めた。木下曰く、芸人はバイトをやらないそうだ。なんでも形から入るのが木下らしい。

「ほなおまえは帰ってええぞ」

「いやや、このあと三人で楽しいことするんやろ。ここで待っとく」

強情な木下を捨て置いて、三人で入店する。

濱口さんがにやにやと、顎で窓を示した。

「まだおんで。おまえの相方おもろいな」

木下が、置物のようにつっ立っている。我が相方ながらわけがわからない。

ただ濱口さんが面白がってくれてよかった。やっぱり芸人は、変なやつが好きなのだ。

有野さんが、おしぼりで顔をふく。

「最初のネタもよかったもんな」

濱口さんが、同意するように笑う。

「ダンスな」

「……ぜんぜんウケませんでしたけど」

ブティックＢＯＯのネタだ。

「ウケてへんけど、誰もやってないやん」

濱口さんが目尻を下げた。

「誰もやってない……」

どういう意味だ。それの何がいいのだ？

有野さんと濱口さんと別れる。仲良くなろう作戦は大成功だ。なんだか面白くなれた気がする。

帰りながら、木下にあの話をする。こいつは表でずっと待っていた。

ふむふむと木下がうなずいた。

「そういやたくあんのネタは他と違うもんな」

はっとした。

「……もしかすると、お笑いってそういうことなんかもな」

木下が首を傾げる。

「どういうことや？」

「他と違うことするってのが大事なんやって。あの二人のコントって、声も小さいしテンションも低いし、ツッコミもないやん。内容もわけがわからん。でもめっちゃおもろい。二人のキャラもあるけど、他と違うことしようと思って、あの形になったんちゃうか」

周りと同じことをしない。

百人中九十九人が右を向いても、自分だけは左を向く。それがお笑いの秘訣なんだ。

あの人達は、芸歴一年目でそれに気づいたのか……末恐ろしい二人だ。本当に先輩でよかった。

「なるほどなあ」

木下が、ペタペタと頬をなでる。

俺は、改めて木下を見た。

他と違うことをする。それがお笑いの奥義ならば、ＴＫＯには木下という武器がある。

木下という人間そのものが、誰とも違うからだ。

木下は木下のままでいい。こいつはそのままで面白い。

じゃあ変わる必要があるのは、俺だ……。

「木本、どうした？」

「なんでもあらへん」

道頓堀を彩るネオンが、少し暗くなった気がした。

一ヶ月が経った。

あれから養成所に通い、木下と一緒にネタを作り続けていた。濱口さんと有野さん達とも仲良くさせてもらっている。

でもネタ見せではウケないし、会社にも認めてもらっていない。この調子だと、授業料の元を取る前に辞めることになる。

木下は面白い。それは断言できるが、その面白さを俺が引き出せていない。ツッコミとして、まだまだ実力不足だ。

俺には、俺には、一体何ができるんだ？　それをひたすら考え続けているが、答えは出ない。

「……木下、俺の特技ってなんや」

つい尋ねてしまった。

「そんなん決まってるやん」

「えっ、何？」

あまりにさらりと返すので、ふいをくらった。

木下が断言した。

「ナンパやろ」

まさに肩すかしだ。お笑いとはなんの関係もない。ナンパは勇気と行動力があれば誰でもできる。だいたいナンパをしていたのは中学生の頃だ……。

って、行動力!?

そうだ。俺は他の人よりも行動力がある。これをお笑いに活かせないか……。

急いで新聞紙を開き、ラジオの番組表を見る。俺の急変ぶりに、木下がまごついた。

「急にどうしてん？　聞きたいラジオあったんか？」

「ちゃうわ。松竹の先輩が誰かラジオやってへんか探してんねん」

「ラジオ聞いて勉強するんか？」

俺は首を振った。

「ちゃう。ラジオ局に行って、先輩にネタ見てもらう」

木下がぎょっとした。

「何言ってんねん。そんなんしたら怒られるやろ」

それは覚悟の上だ。

先輩の懐に飛び込む。現状を打破するにはこれしかない。それに木下だったら、どんな先輩も気に入るはずだ。

木下が活躍できる場を、俺の行動力で作る。あとは、木下を信じて任せればいい。

俺は、新聞紙のある部分を指さした。

『森脇健児の青春ベジタブル』

「ここ行くぞ」


二人で車に乗り込んだ。

トヨタのスープラだ。この格納式のヘッドライトがたまらない。どうしても欲しくて、ローンで買ってしまった。

木下が助手席に座った。

「なあ、ほんまに行くんか」

「行く」

もう火がついた。『青春ベジタブル』は生放送だ。ラジオ局にさえ行けば、必ず森脇さんはいる。

森脇さんが写った、養成所の生徒募集の広告を見て、俺達は芸人になったんだ。森脇さんと知り合って、チャンスを得たい。

目的地であるＫＢＳ京都に到着した。京都にある地元の放送局だ。

ズカズカと中に入ると、木下が引き止めた。

「木本、アカンって。事務所に怒られるって」

「ここまで来て帰れるか。とにかく堂々としてろ。わかったな」

メガネをかけた警備員が控えていたが、俺達を警戒するそぶりも見せない。

「松竹芸能です」

そう元気よく言うと、「どうぞ」と簡単に通してくれた。

堂々としろと言ったので、木下がわざとらしいぐらい胸を張っている。

木下、それはやりすぎやぞ……。

スタッフに森脇さんの楽屋を聞いて、躊躇なく中に入る。足を止めれば恐怖の感情が湧き出てくる。行動あるのみだ。

楽屋の中に、森脇さんがいた。

同じ事務所だが、森脇さんはスターすぎて会ったことはなかった。実物の方がはるかにかっこいいいし、華もある。

俺は、はきはきと名乗った。

「松竹芸能のＴＫＯです」

「なんやねん。自分ら急に」

森脇さんが目を丸くしているが、かまわず続けた。

「よかったら俺らのネタ見てくれませんか」

「別にええけど」

森脇さんが、さらりと了承する。拍子抜けしたように、木下が口を開いた。

「……ええんですか？」

「ええよ。同じ事務所なんやからネタぐらい見るで」

無茶な頼みなのに、軽く受け入れてくれた。森脇さんっていい人なんだ……。

森脇さんの気が変わらないうちに、二人でコントをする。

森脇さんが笑ってくれるので、養成所のネタ見せよりも緊張しなかった。

森脇さんが、にこにこと言った。

「自分らおもろいな。ラジオ見ていき」

よしっ、と拳を握りしめる。無茶をしたが、どうにか成功した。木下も、ほっと額の汗を拭っている。

ラジオブースに入って、見学をさせてもらう。

スタジオミキサーは、宇宙船のコックピットみたいだ。テーブルの上のマイクが存在感を放っている。これぞラジオの現場だ。

番組がはじまると、森脇さんが流暢に喋りはじめた。声の張り、テンション、間の埋め方、そのトーク技術に圧倒される。思わず笑みがこぼれ、ふき出してしまった。

木下も俺も、深夜ラジオが大好きだった。

ラジオ好きが高じて、木下と一緒にラジオ番組を作ってみたこともある。

仲間を集めて、ガシャンとラジカセの録音ボタンを押す。そして、二人でくだらない話をする。お手製のラジオ番組だ。

だからプロの芸人の番組収録を見て、興奮が抑えられない。

森脇さんが、気楽な口調で言った。

「養成所のＴＫＯってやつが勝手に来よってん。挨拶していけ」

急に話をふられてあわてたが、なんとか自己紹介はできた。

「あっ、あと明日枚方でイベントあるんで、ぜひ来てください」

せっかくなので告知もしておく。

「みんな、行ったってや」

最後に、森脇さんが宣伝してくれた。


翌日、俺と木下は枚方の営業先に向かった。

商業施設の吹き抜けスペースで、何組かがネタをするのだ。その営業に、なぜか俺達も呼んでもらえた。はじめての営業だ。

先に会場を確認しようとすると、先輩達がいた。何やら驚いている様子だ。

「どうしはったんですか？」

「今日、むちゃくちゃお客さんおんで」

そこには、黒山の人だかりができていた。ざっと見ても二百人はいるだろう。

正直俺達も含めて、今日のメンバーに売れっ子はいない。なぜこんなに人がいるんだろう？

その疑問はすぐに解けた。

俺と木下が舞台に上がると、キャーッという黄色い歓声が鳴り響いた。

そこでわかった。

ラジオだ。この人達は、森脇さんのラジオを聞いて集まったのだ。

早速コントをすると、いきなりウケた。

笑顔の波が、怒濤（どとう）のごとく迫ってくる。ドッという笑い声が耳朶（じだ）を叩くたび、気持ちよさでくらくらする。

なんや、これ……。

強烈な快感が、フルスロットルで押し寄せてくる。恍惚感で脳がトロトロに溶かされ、気を抜けば昇天しそうだ。

木下も同じ気持ちなのだろう。顔を上気させ、いつもより声が出ている。

俺と木下の息と間が、寸分の狂いもなく、バチンと一致する。その直後、笑い声が爆発した。

ネタを終えて舞台袖に戻る。俺も木下も、ハアハアと肩で息をしていた。

絶頂の余韻で、体が火照（ほて）ってしかたない。

森脇さんのたった一言で、これだけの人数が、無名の俺達を見に来てくれた。

森脇健児はスターなんだ。

木下が、恍惚とした表情で言った。

「木本……」

「なんや」

「ウケるって気持ちええなあ」

「ほんまやな」

ただ俺は笑顔ではなく、苦い顔になっていた。

クソッ……。

こんな、こんな気持ちよさを知ってしもうたら……。

もう芸人は辞められへん！

控え室に入ると、木下のかばんからノートを取り出した。

「そのノートどうすんねん？」

木下の目が点になる。

それは、授業料の借金を減らすたびにメモしていたものだ。迷わずゴミ箱に投げ捨てる。

もうこれは必要ない。俺は、俺達は、芸人の道を歩むんだ。

その覚悟と勇気を、さっきの舞台でもらった。森脇さんからのプレゼントだ。

それで俺の意図がわかったのだろう。木下が目を細めた。

「木本、新しい道作ったな」

「なんやねん。新しい道って」

「おまえがなりふりかまわず行動してくれたから、森脇さんと知り合えて、こんなにお客さん来てくれたんやからな。おまえが道を作って、俺が歩く。それがＴＫＯやろ」

「おまえの方がだいぶ楽やな……」

そう不満は口にしたが、心は晴れやかだった。

俺には木下みたいな華はない。でも、こいつがより輝ける道を作ることはできる。

自分の役割が、この芸人の世界で生きていく活路が、なんだか見えた気がした。

俺と木下は、道頓堀のひっかけ橋を歩いていた。
森脇さんのラジオがきっかけで、調子が上向いてきた。
あれから毎週番組に行き、森脇さんに付いて回った。
森脇さんが、「ＴＫＯはおもろい」とファンや事務所の人間に言ってくれたおかげで、仕事も増え、人気も徐々に高まってきた。

濱口さん、有野さんのお二人、それとのイズさんとも仲良くさせてもらっている。

普通、お笑いコンビはプライベートは別々で遊ぶのだが、この三組は別だ。

おかげで、少しずつコントがウケるようになってきた。やはり面白い人と一緒にいれば、面白くなってくるのだ。

由香里のアドバイスのおかげだ。バイト代で何かごちそうしてやろう。

その時、通りすがりの女の子二人組が立ち止まり、ひそひそと話しはじめた。

「あれ、お笑い芸人ちゃうん」

ピクッと耳が動いた。俺達の知名度も少しは上がってきたようだ。

木下が、鼻の穴をふくらませている。

しかし俺達を見ると、一人がゲッと顔をしかめた。

「うわっ、松竹芸人やん」

行こ行こ、と二人が不愉快そうに立ち去る。

松竹差別か……。

俺と木下は、同時に肩を落とした。

正面にはグリコの看板が見える。斜め左を見れば俺達が通う浪花座があるが、斜め右の方に体を向けて、軽く目線を上げる。

ビルの壁面には、『2丁目劇場』と書かれた看板があった。

心斎橋筋2丁目劇場とは、ダウンタウンさんを輩出した吉本興業の劇場だ。

俺がいつも見ていた『4時ですよ～だ』は、この劇場から公開生放送をしていた。

ダウンタウンが街を歩けば、自衛隊が出動する。そんな噂が出るほど、お二人は絶大な人気を誇っていた。

しかしダウンタウンさんが東京に進出して、一度2丁目劇場の火は消えかけた。なのにその火を、次世代の若手芸人が復活させた。

さすが吉本だ。次から次へと面白い芸人が出てくる。

だから関西のお笑いファンにとって、芸人とは吉本芸人のことだ。松竹芸人には見向きもしない。

なんでこんなに差別されるんだ。俺達はゴキブリじゃないんだぞ……。

2丁目劇場を見ると、若い女性客がビルの中に入っていく。吉本芸人という強大な吸引器に吸い込まれて。

うらやましすぎて、自然と声が漏れ出る。

「ええなあ」

俺達が喉から手が出るほど欲しいのが、常設の劇場だ。

もちろん松竹には浪花座があるが、そこに立てるのはベテラン芸人のみだ。俺達のような若手は立たせてもらえない。

芸人は舞台に立ってナンボだ。人前でネタをすればするほど、芸人は面白くなる。芸人になって、それが身に染みてわかった。

さらに2丁目劇場は若手芸人主体で、訪れるお客さんも若い。そんな劇場でネタをして、ウケたらどれだけ気持ちがいいんだろうか？

「ほんまやなあ」

木下も、羨望のため息を漏らした。

くるっと踵（きびす）を返して、養成所に向かう。

松竹の養成所は、「もう来なくていい」と社員に言われない限り、ずっと養成期間のままだ。

頭の後ろで手を組みながら、木下が言った。

「今日エリートが来るらしいぞ」

「なんやねん。エリートって」

「社員がスカウトして、わざわざ松竹に来てもうたんやって」

「スカウト？　そんなんうちにあんのか」

「しかもやな。そいつら授業料免除やって……」

「嘘やろ！」

衝撃で声が跳ねた。待遇が破格すぎる。王族が芸人をやるのか？

「じゃあそいつら、十二万三千六百円払わんでええんか？」

「木本、ちゃうぞ。二人やから二十四万七千二百円や」

木下が秒速で返した。怒りのせいか、計算能力が飛躍的に向上している。

俺は、ギリギリと歯ぎしりした。

「……木下、絶対そいつらのネタで笑うなよ」

養成所の部屋に入ると、すぐにそのエリートを見つけた。

一人は背が低くて、角張った輪郭をしていた。ちょっと頑固そうな印象も受ける。頭にバンダナを巻いて、ジージャンを着ていた。

木下に耳打ちした。

「ハマショーやな」

歌手の浜田省吾の格好だった。浜田省吾の愛称は、『ハマショー』だ。

木下が抑えた声で返した。

「俺は談志師匠やと思った」

ついふき出しそうになる。たしかに、落語家の立川談志師匠にも似ている。

相方は背が高く、目鼻立ちのはっきりとした顔だ。

前髪をセンター分けにして、さわやかさが際立っている。女性ファンは放っておかないだろう。

ネタ見せの時間になり、全員がUの字になって床に座り込む。

木下が、偉そうに手もみする。

「さっ、お手並み拝見といきますか」

「そやな」

誰もクスリともしない中でネタをする。まさに芸人の洗礼だ。

俺達も初日にこれを味わい、心がベキッとへし折られた。まああれは、濱口さんと有野さんのせいだが。

頰の筋肉を引きしめて、絶対に笑うものかと気合いを入れると、二人が口火を切った。

漫才だ――。

素人の漫才が面白いわけがない。余裕をもってかまえていると、二人は予想外なネタをはじめた。

郷ひろみとハマショーのモノマネをし出したのだ。意外なほど似ていたので、全員が笑った。もちろん俺もだ。

ウケないはずの養成所のネタ見せで、ドカドカ笑いをとっていく。まるで芸歴を重ねたベテランのような技術力だ。なんだ。こいつらは……。

ハマショー兼立川談志師匠の名前が、増田英彦。背の高い二枚目の名前が、岡田圭右。コンビ名は、『ますだおかだ』。

それが、二人との出会いだった。

「あかん。ライブの回数が少なすぎる」
いつもの嘆きで、がくんとうなだれる。
ずっと木下とコントを作っている。いいネタもできて、養成所でもウケてきた。なのにそれを演じる舞台がない。一応若手芸人達のライブがあるのだが、それは三ヶ月に一度だけ。
つまり、年に四回しかライブができない。しかもその舞台に立てるのは、養成所の中で選ばれる十組のみ。

これだと俺達は、社員と作家と養成所の芸人、そして由香里にしかコントを見てもらえない。それって芸人と言えるのか？

木下が提案する。

「ほな会社にかけ合うか」

それも考えたのだが、一蹴されるのは目に見えている。

それに交渉するにも正面突破はだめだ。

策だ。何か策を考えないと……。

それが俺の取り柄じゃないか。

数日後、俺達はアメ村の三角公園にいた。

派手な原色の服や、古着を着た若者がうろついている。ださい格好をしたやつは一人もいない。

公園内ではみんな階段に座って、たこ焼きを頰張っている。甲賀流のたこ焼きだ。若者の活気とソースの香りが充満していた。

この街の空気を吸うだけで、なんだか元気がみなぎってくる。

ここは大阪の若者の最先端の街、アメリカ村。略して、『アメ村』だ。

木下は当然だが、濱口さんと有野さん、のイズのお二人、さらに女性芸人が二人いる。

松嶋尚美と中島知子、コンビ名は『オセロ』だ。

濱口さんが、怪訝(けげん)そうに訊いた。

「きもっちゃん、こんなとこで何すんねん？」

「芸人が集まったらやること決まってるでしょ。ライブです」

全員が目を丸くする。木下が、調子外れの声を上げた。

「ライブって、公園でやるんか」

「そや。ミュージシャンも路上でやるやろ。俺らもそうするんや」

劇場がないのならば、外でやればいい。それに三角公園だったら、俺達が求める若いお客さんがわんさかいる。

吉本は2丁目劇場で、俺達松竹は三角公園だ。ゲリラ戦を展開してやる。


さらに別の日、同じメンバーで喫茶店に集まった。

この前の三角公園ライブは大盛況だった。若くて刺激に飢えたお客さんが集まってくれ、大いにウケた。

これを定期的に行い、少しずつ実績を作る。そうすれば、会社も俺達の要望を無視できない。

そして今、さらにもう一手を打っている。

木下が、窓越しに斜め上を見た。

「木本、授業やってるぞ。今やったら間に合うぞ」

この喫茶店は、浪花座の真向かいにある。

俺は、ブンブンと首を振った。

「行ったらあかん。みんなでボイコットするんや」

第二手は、養成所の授業のボイコットだ。

みんなが出席しなければ、会社も大騒ぎする。こうして風穴を開けるのだ。

そんなことをくり返していると、事務所に呼び出された。

そこではじめて、ライブの数を増やしてくれと頼んだ。

「なんや、そんなことでええんか」

拍子抜けするほど呆気なく、会社はその要求を呑んでくれた。

アメ村での路上ライブの実績と、ボイコットという強硬手段のおかげだ。やはり交渉を成功させるには、事前準備が必要なのだ。

ただこれで満足はできない。若手芸人専用の劇場を作るまでは。

そのためには実力をつけないと……。

いつの間にか俺は、お笑いに夢中になっていた。

木下が、頬を叩いて気合いを入れた。

「ここが勝負やな」

「そやな。ここで結果出さな」

絶好のチャンスが訪れた。

『爆笑ＢＯＯＩＮＧ』に、俺達ＴＫＯが出演できることになったのだ。

爆笑ＢＯＯＩＮＧとは、若手芸人によるネタ番組だ。関西ローカルの番組だが、テレビでネタができる機会は何より貴重だ。

ようやく巡ってきたチャンスだ。絶対に逃すわけにはいかない。

木下が眉間に力を込め、しぶい顔をする。

「でも吉本芸人と勝負せなあかんのか……」

そう、番組出演は嬉しいけど、吉本芸人と同じ土俵の上に立つのだ。直接対決で、実力を比較されてしまう。

二人とも黙り込んだ。狭い六畳間が、沈黙で埋め尽くされる。阪奈道路を走るトラックのせいで、ガタガタと揺れた。

あの猛者達に勝てるネタ……。

いつもネタを作るのには苦労するが、脳にフタをされたように、何もアイデアが出てこない。

本番を想像して、足が震えてくる始末だ。

ライオンに挑む、ネズミの気分だ。吉本芸人は、俺達にとって恐怖の対象だった。

首を振って、その怯（おび）えをふき飛ばした。原点だ。原点に戻ろう。芸人になってまず何を学んだ。

指を一本立てた。

「……他と違うことをせなあかん」

濱口さんと有野さんから学んだことだ。ふむふむと木下がうなずいた。

「吉本の芸人がやらんことやな」

「そうや」

もう一本指を立てる。

「それとも一つ、客に三分間、カードを上げさせへんようなネタ」

爆笑ＢＯＯＩＮＧでは、客が面白くないと判断したらカードを上げる。そのカードが十枚になると、ネタは強制終了となる。三分間ネタを続けられれば、勝ちとなるシステムだ。

「ショートコントをいっぱいやらへんか」

関西の若手芸人では、ショートコントは珍しい。短いネタを連発して、客にカードを上げる隙を与えない。ボクシングのジャブのイメージだ。

ええやんと木下も同意するが、これだけでは弱い。他に何かないか……。

木下が膝を打った。

「ラップはどうや」

「なんやねん。ラップって」

「自己紹介をラップですんねん」

木下がリズミカルに言う。

「僕達二人はＴＫＯ。おまえは木本であなたは木下。今日は楽しいショートコント。いっぱいいっぱいやりまっせ。そこのあなたもそこのおまえも、お腹を抱えてワッハッハッ」

「なんやそれ」

つい笑ってしまった。

「吉本の芸人誰もやらんやろうし、俺らの得意なことも入ってるやん。それにラップしてたら時間も稼げるし、カードも上げにくいやろ」

「……たしかにな」

俺達の長所、他との差別化、カード攻略。全部の要素が含まれている。

一瞬でこんなことを閃く――。

やはり木下は凄い。

木下の秀逸なアイデアのおかげで、コントはできあがった。


そして、番組の収録日を迎えた。

関西テレビの社屋に入ると、がぜん緊張感が増してきた。とうとう吉本の芸人達と直接対決するのだ。

もちろん相手が格上なのは重々承知だ。でも俺達も武器は持ってきた。

ショートコント、自己紹介ラップ、さらにコントとコントの間に入れるブリッジだ。木下がＤＪのスクラッチをするのだ。

吉本芸人とは対極にある、チャラさを前面に押し出す戦略だ。五分とまでは行かなくても、勝負はできるはずだ。

木下がやる気満々で言う。

「木本、やったるぞ」

「いよいよ吉本芸人と勝負やな」

はりつめた俺に、木下が首をひねった。

「はっ？　なんで勝負せなあかんねん」

「じゃあやったるぞってなんやねん？」

「吉本の人達と仲良うなるんや」

ガクッと崩れ落ちそうになる。

「……これから戦う相手と仲良うなるって、何を情けないこと言うてんねん」

木下が、不敵な笑みを浮かべた。

「それがＴＫＯやろ」

そうだった。ライバルと対立するのではなく、仲良くなる。それが俺達の生き残り方だ。

「……木下、じゃあ番長と仲良くなるぞ。誰が吉本の番長かを見極めるぞ」

「おっしゃ」

木下が、拳で手のひらを叩いた。

楽屋の扉を開けると、俺は思わず後ずさった。

そこには今日の出演者がいる。五十人ぐらいだろうか。その大半が吉本の芸人だ。

全員が殺気をみなぎらせている。楽屋の空気が淀んで見えるほどだ。

松竹の芸人は、争いごとを避けるタイプが多いが、今目の前にいる芸人達は、隙を見せたら殴りかかってきそうだ。

これほど殺伐としていないと、吉本では頭角をあらわせないのか？　楽しい部屋と書いて楽屋なのに、まるで楽しくない。

「……失礼しまーす」

勇気を振りしぼり、にこにこと笑みを絶やさず、二人で中に入る。

なんやこいつら……そんな敵意剝き出しの視線が、光線銃のように刺さってくる。

肉食動物の群れに迷い込んだ草食動物の気分だ。

部屋の中央に、ある男がいた。

テーブルに長い足をデンと置いて、「ジュース買うてこい」と後輩に怒鳴っていた。

粗野な感じとがさつさが、全身から放出されている。

間違いない。こいつが番長だ。

「おい、うるさいぞ！　せいじ！」

そのせいじと呼ばれた男の背後から、さらに別の男が叫んだ。

この番長より、さらに上の番長がいるのか？

カエルを丸呑みにしたヘビが、ワシに襲われたような光景だ。吉本の食物連鎖……。

さらにその声の主を見て、俺は面食らった。

細身で背が高く、黒い革ジャンと革のパンツを着ていた。パンクロッカーのような出で立ちだ。

ただたまげたのは、その顔立ちだ。

丸みが一切ない輪郭に、触れるだけでスパッと切れそうな切れ長の目。ヤクザの鉄砲玉か、人斬りの侍のような形相だ。

あれっ、ここって芸人の楽屋だよな……。

木下を見ると、ガチガチと歯を鳴らしている。無理もない。俺も、全力疾走で逃げ出したい。

だが木下は意を決したのか、革ジャン男に近づこうとした。

あわてて耳打ちする。

「木下、やめとけ。あれは近寄ったらあかんやつや」

挨拶がわりに、ナイフでサクッと急所を刺してきそうだ。無表情で、顔色一つ変えずに。

木下が、ゴクッと生唾を呑み込んだ。

「止めるな。行かせてくれ」

その覚悟を決めた横顔に、俺は言葉を失った。

あの人見知りの木下が、ここまで勇気を見せるなんて……革ジャン男と仲良くなって、吉本芸人の突破口を切り開く。そう腹を固めたのだ。

そろそろと木下が忍び寄っていく。その背中は、さながら戦場に赴く戦士のようだ。

木下が、慎重に話しかけた。

「僕、木下いいます。松竹芸能です」

革ジャン男の鋭い目がつり上がった。眉間に、グッと縦ジワが刻まれる。

木下が青ざめ、俺はひっと息を詰めた。木下が殺される……。

革ジャン男が口を開いた。

「なんで松竹なん？」

木下と革ジャン男が、親しげに話しはじめる。俺は、へなへなと崩れ落ちた。見た目と違って、凄くいいやつだった。


その後すぐに判明したのだが、そのせいじという男と革ジャン男はコンビだった。しかも兄弟だというのだから驚きだ。

せいじが兄で、革ジャン男が弟。コンビ名は『千原兄弟』。

弟の名前は、『千原浩史』。後の『千原ジュニア』だった。

俺と木下は、京都の鴨川にいた。

鴨川は京都市民の憩いの場所であり、有名なデートスポットでもある。

ただその一方で、江戸時代には罪人が処刑されたり、首がさらされたりした場所でもある。

ここでイチャつくカップルを見るたびに、どこでデートしとんねん、とツッコみたくなる。

その鴨川に、ずらっと長い行列ができている。マフラーをグルグル巻きにした女の子達が、大切そうにチョコレートを抱えていた。

その数は、なんと三千人だ――。

その圧巻の光景を、木下が啞然として眺めている。

「この子ら、ほんまに俺達目当てで集まったんやなあ」

「アホ、よだれ出てんぞ」

木下が口元を手で拭うが、よだれが出る気持ちもよくわかる。

この人気ぶりは、爆笑ＢＯＯＩＮＧでの成功のおかげだ。

あの番組で、俺達は順調に五週勝ち抜き、チャンピオンになった。

さらにチャンピオン同士で争われる大会で勝利し、グランドチャンピオンに輝いた。

吉本芸人に対抗するために考案した、ショートコントと自己紹介ラップが功を奏したのだ。

さらに俺達は、ネタ以外でも工夫を施した。

あの番組で、『ジャリズム』や『メッセンジャー』といった吉本の芸人とも仲良くなれた。特に千原兄弟のジュニアと近づけたのは大きかった。

ジュニアは2丁目劇場で、すでに中心的存在だったからだ。

関西のお笑いファンの中では、次世代のダウンタウンさんと位置づけられていた。

俺達TKOは松竹だけど、ジュニアと仲良しなんだ。これを視聴者に印象づけたい。そこで策を立てた。

爆笑BOOINGでは、番組の最後で全出演者を映す。引きの画というやつだ。

ここで俺達は、ジュニアと話しているふりをした。ジュニアとTKOはこれほど親しい仲なんだ。そう視聴者に錯覚してもらうためだ。

この作戦は大当たりだった。

これまで吉本芸人と松竹芸人の間には、見えない壁が存在した。でもジュニアと仲良くすることで、その壁をぶち破れた。

なんとジュニアは、自分の誕生日ライブにTKOを呼んでくれた。吉本のホームグラウンドの2丁目劇場に、松竹の芸人が立つ。前代未聞のできごとだった。

そのおかげで、千原兄弟を含めた吉本芸人目当てのお客さんが、TKOのライブにも足を運んでくれるようになった。

アメリカ村のライブでも人が押し寄せ、二千人ものお客さんが集まるようになった。

さらに俺達は、服装にも力を入れた。元々俺も木下も服は好きだったが、他の芸人の弱点が、おしゃれだと気づいたからだ。

おしゃれをＴＫＯの専売特許にすれば、絶対に目立てるし、人気も得られる。

そして極めつきは、ラジオだ。

ＫＢＳ京都の『ハイヤングＫＹＯＴＯ』が復活し、俺達が木曜日のパーソナリティーを任されることになった。

その番組内で、何かとリスナーに集まれと呼びかけた。

今日はバレンタインデーなので、チョコレートを持って鴨川に集合と言ったら、三千人も集まったのだ。

他の芸人との差別化を狙う。

ラップ、社交性、おしゃれ――。

お笑いとは一見無関係だが、これが自分達の長所だ。その長所を武器にして戦う。

その戦略が正しかったと、目の前の三千人が証明してくれた。

念願の人気と知名度を得ることはできた。あとはあれを勝ち取るのみだ。


そして、一月十五日を迎えた。

世間では成人の日だ。外では振り袖を着た二十歳の女性達が、嬉しそうに闊歩(かっぽ)している。めでたい日だ。

けれど関西の若手芸人にとって、この日は別の意味合いを持つ。

『ＡＢＣお笑い新人グランプリ』が開催される日だ。

朝日放送主催のお笑いコンテストで、コンビ結成五年以内の芸人が参加できる。

ダウンタウンさん、ナインティナインさんなど、この大会で優勝した芸人は、もれなくスターとなっている。

関西の若手芸人の登竜門、ここで結果を出せば必ず売れる。まさに憧れの舞台だ。コントを磨き、あの手この手で知名度を高め、やっと本戦出場の切符を手に入れた。もし優勝すれば、東京進出も夢ではない。

出場者は、千原兄弟、ジャリズムなど吉本の強敵達に加え、のイズさんなど同じ松竹の仲間もいる。

厳しい戦いになるのは百も承知だ。でも何がなんでも優勝したい。このチャンスを逃したくない。

廊下で意欲に燃えていると、その隅でネタ合わせをしているコンビがいた。よく見知った顔、ますだおかだだ。

同じ松竹芸能で、俺達の後輩だ。

最初は俺達の輪に入ってこなかったが、今ではよく喋る仲になった。アメ村の路上ライブにも出演してくれていた。

「あいつらよう漫才で本戦に来れたな」

いつの間にか、木下が側にいた。その視線は、ますだおかだに注がれている。

漫才ブームが去り、ダウンタウンさんも東京に進出した。その影響から、漫才の火は小さくなった。

今の関西お笑い界の主流は、コントだ。

俺達ＴＫＯはもちろん、よゐこさんものイズさんも、千原兄弟もジャリズムもみんなコントだ。

ねぎらいと同情混じりに、俺は言った。

「本戦まで来れたのは凄いけど、漫才で優勝は無理やろ」

けれどその言葉は、数時間後に否定された。現実という名の、情け容赦のない怪物によって――。

優勝は、ますだおかだだった。

一番芸歴の浅い二人が、並みいる強豪に打ち勝った。しかも漫才で……。

喜びを爆発させる二人を、俺はただぼんやりと眺めていた。

その瞬間、どこかで亀裂が入る音がした。空耳ではない。たしかに聞こえた。

その不吉な響きは、こびりついた染みのように、一向に取れなかった。

第三章　母親

一九九八年

「お疲れ様でした」

楽屋から出てきた木下が、スタッフに挨拶をする。すっと俺の側を素通りしたので、つい声をかけた。

「木下」

木下が足を止めた。

「なんや」

「……なんでもあらへん」

気味悪そうに首を傾げると、木下はふたたび歩き出した。

喉元にまで、こんな言葉が出かけた。

もう挨拶もないんか……だが思い返してみれば、それは俺も同じだ。

いつの頃からか、仕事以外で二人で話す時間がほぼ消えた。
主な理由は、ラジオだ。
ラジオの仕事で、週に二回も長時間のトークをする必要がある。
以前のように二人一緒に行動すると、トーク内容がかぶるし、話の幅が狭まる。
そこで木下が、こう提案してきた。
「ラジオで喋るから普段は喋るのはやめへんか」
それは、俺も考えていたことだ。
俺達はプロの芸人だ。学生時代のような、親友の関係性を卒業する必要がある。
若干の寂しさはあったが、それはプロの芸人になるための成長痛だ。
師匠も先輩も、お笑いコンビではそれが普通の関係性だ。
だから木下との現状は、嘆くことではない。喜ばしいことなのだ。でも……。
「ブイ……」
ぽそりとささやく。俺と木下の合い言葉。二人を親友にした絆の挨拶。
その懐かしい響きが、冷たい廊下に溶けていった。

「安田、どう思う？」
モウモウと立ちこめる煙の奥で、色黒の男が肉を焼いている。
安田裕己。

俺の後輩で、『安田と竹内』というコンビを組んでいる。

安田は俺達を見て、この世界に足を踏み入れた。

吉本ではなく松竹を選んだのは、千原兄弟さんよりＴＫＯさんの方が優しそう、という極めて軟弱な理由だった。

安田は持ち前の明るさで、俺達の懐に飛び込み、今は付き人のような存在だ。

「あいつ一般常識ないくせに、それは伝わらんでとか平気で言いよんねん。おまえが知らんだけやろって言ったら、あいつなんて言ったと思う？　『俺が知らん時点でアカンやろ』って。それやったら勉強せえよ。安田、どう思う？」

ふたたび尋ねると、まあまあと安田がなだめる。

「とりあえず肉焼けたから食べてください」

そう言って俺の皿に肉を置くので、むすっとしながら口に運んだ。

よくないとはわかっているが、安田に木下の愚痴をぶつけてしまう。

安田のことは木下も可愛がっているので、安田は間に挟まれる形になる。けれど、はけ口が欲しいのだ。

会計をするために財布を開いて、ギクッとした。金がない……。

よく訪れる焼肉屋なので、とりあえずツケにしてもらう。

店を出ると、「木本さん、ごちそうさまです」と安田が深々と頭を下げた。

「次、どこ行きますか？」

「……ちょっと今日は寄るところあるから解散しよか」

安田の姿が消えるのを確認すると、どっと冷や汗がふき出した。

仕事が減っている……。

毎月コンスタントに、五十万円は稼いでいた。なのに少しずつ目減りして、今は十万円を切りはじめている。

理由は、大きく分けて三つある。

まず一つは、関西の若手芸人ブームが終焉したことだ。

ブームを牽引していた千原兄弟とジャリズムが東京に進出し、吉本芸人が活躍していた、『すんげー! Best10』という番組が終わった。

その影響で、2丁目劇場の客足もガクンと減った。そして、俺達のライブでも同じ現象が起こった。

二つ目は、俺達が年齢を重ねたことだ。

TKOが獲得できていたファンは、若い女の子だけだった。ポップで軽快なコントは、彼女達に向けてのものだった。

だが俺達が二十代中盤を越えると、そんなファンは去って行った。

彼女達は、若さあふれるTKOにしか興味がなかったのだ。

あの鴨川に集まった三千人はどこに行ったんだ？　神隠しにでもあったのか？

若い客の目移りの早さを、俺達は知らなかった。

よく事務所の社員に叱られた。

「TKOは目の前の客を笑かしてるだけ。それでは今後困るぞ」

何を言うてんねん。笑わしてるんやから、それでええやろ。

当時はそう聞き流していたが、今となるとその忠告が耳に痛い。

キャーキャー言われるだけの芸人の寿命は、限りなく短い。老舗のお笑い事務所だけあって、そんな芸人を数え切れないほど見てきたのだ。

真摯に耳を傾け、人気のあるうちに次の手を打つべきだった。なのに、俺達はそれを怠った。

そして三つ目は、ますだおかだの躍進――。

あいつらがＡＢＣお笑い新人グランプリを獲ったことで、会社での力関係が変化した。それまで会社はＴＫＯを推していたが、あの時点から、ますだおかだに力を注ぐようになった。

松竹には吉本のような巨大な力はなく、何組も同時にプッシュすることはできない。ますだおかだの台頭で、ＴＫＯは切り捨てられたのだ。

まざまざと思い知らされた。

俺達はただ、関西若手芸人ブームという時流の波に、タイミングよく乗れただけだった。そのブームが去り、腕のある芸人が台頭したことで、完全にメッキが剝がれてしまった。何が差別化だ、何が行動力だ、何がおしゃれだ……デビュー直後の成功は、運に恵まれていただけだ。そして幸運とは、永遠には続かない。

苦いため息を吐き、重い足を引きずる。行く先は消費者金融だ……。

■

「もう服ぜんぜんないやん」

　クローゼットを覗いた由香里が、唖然として言う。

　ギャラがさらに減り、もう生活ができなくなった。地元の大東市に戻って、由香里と実家の近くで同棲している。

　またバイト生活に逆戻りだ。でも変に顔が知られているので、普通のバイトをするには抵抗がある。

　そこで、二つのことをはじめた。

　まずは映像編集のバイトだ。単独ライブなどではコントの合間の映像は、俺が作っていた。その編集の技術を活かして、結婚式などの映像を作っている。

　二つ目は、インターネットオークションだ。

　要は、ネットで物を売買できるサービスだ。最近、そんな便利なものがはじまった。服やその他の金目のものを売り、生活費にあてている。情けないが生きるためだ——。

　由香里が、心配そうに訊いてくる。

「……そんなに仕事ないん？」

「そんなことあらへんって。ちょっとはまってやってるだけやから」

　由香里の表情は曇ったままだ。

「そや。今日会社に呼ばれてん。マネージャーから話があるって」

　これは嘘ではない。

　由香里が、ほっと頬をゆるめた。

「仕事決まったらええね」

いそいそと松竹芸能の本社に向かう。

直接俺と木下を呼び出すのだから、何か大きめの仕事が決まったのだろう。番組のレギュラーか？　もしそうならば、ギャラが毎週入ってくる。この貧乏生活も少しはマシになるだろう。

ちょうど廊下で、木下とばったり出会った。珍しく、意欲に燃えている様子だ。木下は結婚して子供もいる。奥さんは、俺もよく知っている女性だ。こいつはもう家族持ちなんだ。俺以上に、次の仕事に賭けているだろう。

部屋に入ると、マネージャーが早速切り出した。

「仕事取ってきたぞ。テレビのレギュラー番組や」

「ありがとうございます」

木下が、顔を輝かせて礼を言う。ただ俺は、マネージャーの表情が気になった。どこかうしろめたいのか、視線が定まっていない。

探るように尋ねる。

「なんの番組ですか？」

彼がもごもごと答えた。

それは、深夜のエロ番組だった……。

もちろん芸人の仕事として、エロ番組は悪くない。立派な仕事だ。

けれど会社は、俺達をアイドル芸人として売り出していた。だからこの手の仕事を取ってくることもなかった。

その売り出し方が、百八十度変わっている。この仕事が来る時点で、会社が下したＴＫ

Ｏの評価がわかる。

俺達は、どん底まで落ちたのだ……。

だが贅沢は言えない。どんな仕事でも一生懸命やろう。

頑張りますと応じたが、マネージャーの様子がまだおかしい。

「……他になんかあるんですか？」

「いや、向こうのプロデューサーさんが、ＴＫＯのために特別な企画考えてるって」

「特別ですか？」

エロ満載なのだから十分特別だ。

「木下と木本に、ＡＶ男優になってもらいたいって……」

あまりの提案に、返す言葉がない。木下も、顔が凍りついている。

落ちたと思っていたが、まだ底ではなかった……。

俺は、どうにか声をしぼり出した。

「ちなみにモザイクは入りますか？」

その後企画は流れて、俺達はＡＶ男優にはならずにすんだ。

ただ状況は上向かず、仕事はさらに減り続けた。

ケータイ電話の着信音が鳴った。父さんからだ。

電話に出るやいなや、

「武宏、おまえお母さんに何したんや」

怒りのせいか声がおかしい。

「何ってなんもしてへんわ」

昨日実家に帰って、母さんの料理を食べただけだ。最近お金がないので、よく実家でお腹を満たしている。情けないが……。

「お母さんの太ももの付け根が、ボコッと腫れてるやないか」

そういえば昨日、母さんの足をマッサージした。ご飯を作ってもらったお礼だが、軽く触った程度だ。


急いで実家に戻り、母さんを病院に連れて行った。

「大げさやな。病院ぐらい一人で行くのに」

母さんが呆れて笑ったが、安堵の表情は隠せない。やっぱり付き添ってよかった。

母さんが診察を受けている間、コントの設定を考える。

以前みたいに若い女性客に向けてではなく、老若男女にウケるネタだ。

館内放送を聞き、点滴スタンドを持って歩く患者を眺めていると、ふとアイデアが浮かんだ。

医者のコントはありかも。

ベタだけど裏を返せば、誰もが知っている。木下が医者をやればはまるかも……。

病院に来なければ思いつかなかった。母さん、ありがとう。

看護師に呼ばれて、母さんと一緒に診察室に入ると、中をきょろきょろと見回した。

コントの画を具体的にイメージできれば、よりネタが浮かびやすくなる。

ベッドに、荷物を入れるカゴに、キャスター付きの椅子。

この椅子は小道具として絶対いるな。木下に、偉そうにクルッと回らせよう。

あの机の上のレントゲン写真を見る道具はなんていうんだ？

そこで、白衣を着た医者の存在に気づいた。無表情で座っている。

そうだ。小道具なんて後回しだ。医者コントの主役は医者だ。何かキャラを作るヒントはないか？

木下がこう言っていた。

俺達のコントは『あるある』じゃなくて、『おるおる』だと。

日常生活でおるおると言いたくなる人物の性質をふくらませて、木下はキャラを作っていく。

この医者、なんかクセあらへんかな？

そう前のめりで凝視していると、医者が深刻そうに言った。

「血液のガンです」

ガン……。

「えっ？　ガン……ですか？」

混乱して思わずくり返した。

「はい。非常に珍しい病気で、悪性リンパ腫の一種です」

えっ、どういうこと？　足が腫れただけなのに、それがガン？　母さんまだ五十代やで？

この医者、ドッキリやってんのか？　俺らのコントは、おるおるや言うてるやろ。どこの世界に、ドッキリ好きの医者がおんねん。それは、おらんおらんや。

事態が呑み込めないまま、医者が淡々と話を続ける。

抗ガン剤治療がなんたらかんたら、放射線治療がどうたらこうたら……説明が、まるで耳に入ってこない。

ただ母さんが、真顔でうなずいている。その神妙な横顔が、目に染みてならなかった。

一九九九年

「お母さん、じっとしててや」

車椅子に乗った母さんの体を、ぐっと持ち上げる。腰に痛みが走るが、心への衝撃が、はるかにそれを上回る。

また痩せて軽くなった……背中と太ももの肉がそげ落ち、脚が骨ばっている。その固い感触が、直接腕に伝わってくる。

そのショックを押し殺しながら、慎重に母さんを助手席に運ぶ。

「武宏、ごめんな……」

母さんが、心底すまなそうに言う。

その切ない響きが胸に応え、思わず目頭が熱くなった。でも絶対涙は見せられない。母さんを心配させたくない。

抗ガン剤の影響で髪が抜け落ちたので、母さんはニットキャップをかぶっていた。

頬の肉も消えて、眼窩（がんか）が落ちくぼんでいる。首筋には、ひっかき傷のようなシワが無数にできていた。


ガンが発覚してから一年が経った。

他の箇所にガンが転移していることもわかり、母さんはどんどん弱っていた。もう自分で歩くこともできなくなり、車椅子生活となった。

父さんも妹達も仕事があるし、弟は学校に通っている。うちで時間があるのは、俺だけだ。だから俺が母さんの看病をしている。

リハビリで手足のマッサージをする日と、診察をする日が交互にくり返される。

そのたびに俺は、母さんの送り迎えをした。

最初は母さんを持ち上げるのに難儀した。筋肉痛と腰痛で、体中が悲鳴を上げた。

もっとも困難なのが、風呂とトイレだ。はじめは風呂は妹に介助してもらったが、母さんが動けなくなるにつれ、それも難しくなった。

そこで俺が抱っこして、風呂に運ぶようになった。

トイレは室内用のトイレを買い、母さんが用を足すと拭いてやった。

母さんは、息子の俺に下の世話をさせるのに抵抗があった。

介護とはする人間より、される人間の方が辛いんだ。その事実をはじめて知った。

ただやがて母さんもあきらめ、俺に任せてくれるようになった。

診察を終えて、家に到着する。母さんは疲れたのか、すぐに眠りに入った。

その隙に、玄関に置かれていたダンボールの箱を開ける。

中には、ビニールパックされたキノコや、サプリが入っていた。

その一つを手に取り、一人つぶやく。

「これは効きそうやな」

ガンに効用があるとされる高価な食品やサプリを、片っ端から買っている。そのすべては借金だ。

母さんは絶対に治る——。

俺は、心からそう信じていた。

母さんは、ずっと俺の芸人活動を応援してくれていた。ラジオも毎回聞いてくれ、あれこれ感想をくれた。母さんが支えてくれたから、俺は芸人でいられるのだ。

芸人としての晴れ姿を、まだ母さんには見てもらっていない。それなのに、あの世に行ってもらっては困る。

よゐこさんみたいな全国区の芸人になれば、アホみたいに稼げる。

母さんのガンが完治したら、正月にハワイ旅行にでも連れて行ってやろう。芸能人といえば、正月のハワイだ。

「お兄ちゃん、お母さんは？」

妹の瑠璃子があらわれた。

「診察終わって寝てる」

「……お母さん、容態どう？」

「心配あらへん。よくなってるってお医者さんが言ってた」

疲れ果てた心身に鞭を打ち、陽気な声をひねり出す。

みんなに心配させたくない。だから母さんの詳しい病状も、家族には隠していた。母さんが完治したら打ち明ければいい。

その瑠璃子の足元に、犬がいた。ふわふわの毛とつぶらな黒い瞳。ポメラニアンだ。

「その犬どうしてん？」

「お兄ちゃん、アニマルセラピーって知ってる？　ペットが患者さんのストレスを癒やしてくれるんやって。だからお母さんにプレゼントしようと思って、買ってきてん」

「それええやん」

少ないとはいえ、俺もたまに仕事がある。その時、犬がいてくれれば、母さんも寂しがらない。

「その犬なんぼした？」

「十六万円やけど」

思ったより高いな……その躊躇をバリバリと噛（か）み砕く。

「それ、俺払うわ」

「えっ？　でもお兄ちゃん、今仕事ないんちゃうん」

「アホか。犬代ぐらい払えるわ」

また借金が増えると胃が痛んだが、俺は長男だ。妹には払わせられない。それに母さんのためだ。

キノコもサプリも、犬も力を貸してくれる。

治る。絶対ガンは治る。

そう気合いを入れなおした。


その二日後、医者に呼び出され、病院に向かった。

診察室に入ると、医者がおもむろに切り出した。

「木本さん、お母様の今後について少しお話ししておきたいのですが」

その抑揚のない声に、ぐっと喉がしめつけられる。普段から感情が見えない人だが、明るい話でないことはわかる。

「お母さん、そんなに悪いんですか？　もう治らないんですか？」

「残念ですが、予後二年とお考えください」

「予後ってなんですか？」

「余命のことです。運がよければ二年は生きられます」

運がよくて二年――。

えっ、どういうことだ？　ガンは治らない上に、母さんは二年しか生きられないのか？

靴下の足裏の肌触りが、急激に気持ち悪くなる。今すぐ靴下を脱ぎ、この医者にぶつけたい衝動に駆られた。

治ると信じていたから、必死に介護を続けてきた。借金を負ってでも、ガンを追い払おうと頑張ってきた。

その希望の火が、今こつぜんと消えた。

見て見ぬふりをしていた疲れが、どっと湧き出てくる。その暴力的な疲労感で、全身がドロドロと溶けていく。

じゃあ母さんが死ぬのを、俺はただ見守るだけなのか……。

その心の声に、医者は答えない。人さし指でメガネを持ち上げ、意味不明な医学用語を並べ立てるだけだ。

「武宏……武宏……」

母さんの声が、暗闇の中で響いている。

もうええって。その次の台詞（せりふ）は、「はよ起きな、遅刻するで」やろ。

もう何回も言わんでええねん。昨日笑福亭鶴光のオールナイトニッポン聞いてたから、死ぬほど眠いねん。

しつこく母さんの声がリピートされるが、いつもと違う。それはか細く、芯の消えた声だ。

そこで俺は跳ね起きた。

しまった。いつの間にか眠り込み、中学生の頃の夢を見ていた。

隣のベッドの上では、母さんが苦しそうにあえいでいた。ヒューヒューと、かすれた呼吸音が聞こえていた。

「ごめん。すぐやるから」

母さんを抱きかかえ、体勢を変えてやる。もう母さんは、礼を述べる力もない。


あれから半年が経ち、母さんの容態はさらに悪化した。

今は肺に水が溜まって、同じ姿勢のままだと呼吸ができなくなる。

そこで俺が実家に泊まり込み、一晩中側について、体の向きを変えている。

もう母さんは治る見込みがない……。

そう医者から宣告されたが、だからといって、介護から解放されるわけではない。

この一ヶ月間、ほとんど寝られていない。

睡眠不足で頭痛と吐き気がひどく、目の奥が針で刺されたように痛む。

一瞬でも気を抜けば、バットで殴られるような、強烈な睡魔が襲ってくる。

辛くて苦しくて泣きそうになるが、母さんは俺以上にしんどいのだ。堪えるしかない。

空が白みはじめる頃、母さんが寝息をたてはじめた。このわずかな時間だけ、俺も仮眠をとることができる。

今日は、ライブがある日だ。

腐った雑巾を押し込められたような頭を抱え、ふらふらとした足取りで難波に向かう。

目的地は、パチンコ店。

芸人といえばギャンブル好きだが、俺は一切やらない。というかパチンコをする暇があれば、泥のように眠りたい。

この上の四階に劇場があるのだ。

名前は、『ミナミのど真ん中ホール』。

とうとう松竹にも常設の劇場ができたのだ。俺達が、喉から手が出るほど欲したものだ。

だが実際に劇場ができても、その喜びは乏しかった。

もう松竹の主流はますだおかだで、ＴＫＯではなかった。

これは、ますだおかだのための劇場だ。

ただ俺の胸には、微塵の悔しさもなかった。もう母さんの介護で、身も心もくたくただった。

嫉妬とは、余裕がなければ生まれない。

舞台でコントを終えると、木下と本社の会議室にこもった。

もうすぐ単独ライブがあるので、そのネタを作る必要がある。

けれどネタ作りに関しては、ほぼ木下に任せていた。

母さんがガンで苦しんでいるのに、面白いことなんて浮かばない。舞台でコントの役に入って演じる。それが俺のできる精一杯だ。

木下が口火を切った。

「葬式の設定はどうや。まだやってないやろ」

縁起でもない案を出しやがって……。

「葬式はアカン」

即座にはねつけると、木下がむっとした。

「なんでや」

「……ようある設定や。それに俺らしくない」

「否定するんやったら、代わりの案出せや。おまえここ最近サボりすぎやぞ」

カッと頭に血が上る。

誰がサボっとるんじゃ、お母さんがガンで、俺がずっと看病しとるんやぞ！

前歯の裏に触れるところまで、その怒声が込み上げてきた。

正直、もう全部打ち明けたい。その方が楽になるし、木下との関係もこじれない。

でも木下には、それは言えない。木下も母さんを知っているので、ショックを受ける。

その沈んだ感情は、お笑いには悪影響だ。

「……葬式でいこ」

俺が折れたので、木下が満足げな顔をする。

睡魔が邪魔して、むかつく気力も起きない。今夜も寝ずに母さんの介護をしないと……。

そこにマネージャーがあらわれ、嬉々として叫んだ。

「木本に電波少年のオファーがきてんぞ」

「でっ、電波少年？」

衝撃で、眠気がふっとんだ。

『進め！電波少年』は大人気番組だ。

この番組で一番有名な企画は、お笑いコンビ『猿岩石』のユーラシア大陸横断ヒッチハイクだ。

無名だった猿岩石の有吉弘行と森脇和成が、一躍、時の人となった。それ以降、電波少年に出演した芸人はブレイクしている。

まさに千載一遇のチャンスだ。奈落の底に落ちた俺達ＴＫＯに、極楽浄土から垂らされたクモの糸だ。

内容を聞いてみると、俺がアメリカに行って、映像編集のクリエイターになるという企画だ。

まさに芸は身を助けるだ。趣味が編集で本当によかった。

「期間は？」

「半年」

マネージャーが簡潔に答えると、木下が朗らかに言った。

「木本、よかったやんけ」

「……でもアメリカ行ってる間、おまえ一人になるぞ」

「そんなもん気にすんな。ＴＫＯの名前売る方が大事やろ」

木下もこう言ってくれている。それにどんな仕事でも受けるのが芸人だ。断るなんて選択肢があるわけがない。俺は、ＡＶ男優ですらやろうとしたんだぞ。

ただ、ただ、一つ大きな問題がある――。

俺が半年間もアメリカに行ったら、母さんはどうなるのだ？　母さんの面倒を見られるのは、俺しかいないのに。

「ごめん……一晩だけ考えさせてもらってええかな」

とりあえず、そう答えるしかなかった。


「ただいま」

母さんの部屋に入ると、母さんは起きていた。ベッドの上で体を起こしている。いつもより顔色がいいので、今日は体調が良さそうだ。

母さんが口を開いた。

「なんかあったんか？」

表情で悟られたみたいだ。

口にするかどうか迷ったが、しかたなく打ち明けた。

「……電波少年のオファーがあったんや。半年間アメリカに行って、映像クリエイターになる企画やって」

母さんが歓喜の声を上げた。

「よかったやんか。電波少年って有名な番組やろ。武宏、よかったなあ」

目元をほころばせ、顔をくしゃくしゃにして喜んでいる。

久しぶりにこんな笑顔を見た。ずっと俺を応援してくれていた母さんにとって、このニュースは俺以上に嬉しいのだ。

「でも俺、行きたないわ……」

母さんの笑顔が消える。

「……なんでや」

込み上げる熱いものを懸命に堪え、わなわなと声を震わせた。

「俺が半年もおらんくなったら、誰がお母さんの看病すんねん」

すると、母さんが怒声を上げた。

「アホか！　あんたが苦労してつかんだチャンスやろ。私はなんとでもなる。あんたは自分の人生を考え！」

落ちくぼんだ母さんの瞳から、ボロボロと涙がこぼれ落ちた。

もう弱って肌も乾き切っている。だから涙が粒の形にならない。泣くのも体に応えるのか、呼吸が荒くなりはじめた。

母さんが泣き叫んだ。

「武宏が活躍してる姿を、私はテレビで見たい！　それが何よりの薬になる。だからアメリカに行きなさい。お願いやから……」

その命を振りしぼった後押しが、どうしようもなく胸に迫ってくる。

わかっていた――。

母さんは、きっとそう言うだろうって。この話を聞いた時点で、最初からわかっていた。

自分のせいで、息子のチャンスを奪う。それは母さんにとって、何よりも耐えがたいことだ。

そして、俺は売れない芸人だ。

仕事を断るなんてありえない。しかも、こんな大きな仕事を。

俺だけの問題ではない。木下の人生もあるのだ。これでＴＫＯの命運が決まる。

だから俺は母さんを捨ててでも、アメリカに行かなければならない……それがどれほど辛く、どれほど親不孝なことでも……。

ツーッと両目から、熱い涙がこぼれ落ちた。その涙の粒が顎先で合流し、ポトッと絨毯（じゅうたん）に吸い込まれた。

絶対に、母さんの前では絶対に泣かない――。

そう、そう心に固く誓ったのに……涙がとめどなくあふれてくる。

「ごめん。お母さん、ごめん！　俺、やっぱりアメリカに行くわ」

俺は、膝を折って泣き崩れた。

その悲しみを感じたように、ポメラニアンが体をこすりつけてくる。そのやわらかな感触が、さらに涙腺を刺激する。

俺と母さんの嗚咽する声、それと、クゥーンという犬の悲しげな声が、狭い和室に響いていた。

「俺、アメリカに行きます！」

舞台のスクリーン上で、俺が明るく宣言している。その映像を、俺と木下が眺めている。電波少年の企画で、アメリカで映像クリエイターになる。それを単独ライブでの映像で発表したのだ。

おおっ、という歓声が上がる。やはり電波少年のブランド力は凄い。

正直まだ葛藤で、胸が引き裂かれそうだ。でもその未練は、大量の涙で洗い流した。行くと決めたからには全力で挑みたい。ここからＴＫＯは復活するのだ。

ふとスクリーンを見ると、何か様子がおかしい。

こんな文字が浮かび上がる。

『ドッキリでした』

わけがわからず、一瞬放心したが、すぐにその意味がわかった。

「木本、これドッキリやで」

木下がおどけるように言う。

「なんでおまえに電波少年からオファーくんねん」

グチャッと、心が潰れる音がした――。

ドッキリ……つまり、この話は嘘……。

手足の先端が冷たくなった。それと反するように、こめかみがカッと熱くなる。まるで火箸をねじ込まれたみたいに。

ふざけるな。ふざけるな。俺は、母さんを捨ててまでアメリカに行こうとしたんだぞ。二人とも、涙が涸れるほど泣いたんだぞ。

それが、それがドッキリだと――。

激怒で正気を失いかける寸前、お客さんの怪訝そうな表情が、視界に飛び込んできた。しまった。おかしな間が空いた。リアクションを、何かリアクションをとらないと。

「おまえ、何してんねん！」

腸が煮えくり返る憤怒を、お客さんが笑える怒りに変える。

芸人は、どんな時でも道化を演じる必要がある。

売れない。後輩に抜かれた。借金だらけで、人目を忍んでバイトをする。

そんなの辛くもなんともない。芸人の過酷さとはこれだったんだ。

俺は、なんて職業を選んでしまったんだ……。

俺の内心を知らずに、お客さんが爆笑する。今までずっと、この笑い声を求めて芸人を続けてきた。これが俺の生きるすべてだった。

なのにこの時はじめて、笑い声を聞くのが辛くてならなかった……。

ライブが終わるやいなや、木下とマネージャーに激怒した。

「おまえら、ふざけんなや！　なんでこんなことするんや！」

俺が、常軌を逸した勢いで怒り狂っているので、二人は色を失っていた。

木下が、動揺しながらなだめる。

「木本、ごめんって。でもめっちゃウケたんやから、そんな怒んなって」

「怒るなやと。これで怒らん方がどうかしてるやろ。お母さんガンで、俺ずっと看病してるんやぞ」

感情を爆発させながら、現状を説明した。打ち明けずにはいられなかった。

木下がしょぼんと謝る。

「……ごめん。おまえがそんな状況やなんて知らんくて」

「なんで気づかへんねん！　おまえ相方やろ。俺のこと一番わかってる人間やろ。俺の様子がおかしいことぐらい気づけや！」

そう吐き捨てると、俺は劇場を飛び出した。

二〇〇〇年

「今日はどうや？」

「昨日水抜いたからだいぶええわ。ありがと」

母さんが微笑んだ。

胸の水を抜いた日は、母さんも熟睡できる。俺も家に戻って休めた。おかげで頭のもやと目の痛みも消えて、今日は体調がいい。

ドッキリの話は、母さんには伝えていない。話が消えたと嘘をついた。

母さんはがっかりしていたが、俺は心から安堵した。やはり母さんを捨て置いて、アメリカに行きたくはなかった。

あの時は怒りで我を失ったが、今はドッキリでよかった、と木下には感謝している。

それに木下達は、知らずにやったのだ。俺だって木下に、何度もひどいドッキリをしていた。あのあとお互いに謝り、その件は収まった。

腰に手をあてて訊いた。

「なんかして欲しいことあらへんか？」

母さんが、ゆっくり間を置いて言った。

「武宏が、いいとも出るとこ見たい。タモリさんの隣に座ってるとこ」

いいともとは、タモリさんがＭＣを務める、『笑っていいとも！』のことだ。

若手芸人ならば、誰もが憧れるバラエティー番組だ。毎日日替わりでゲストが招かれる、テレフォンショッキングというコーナーが番組の目玉だ。

ここに出ると、一流芸能人の仲間入りと言われている。母さんは、これに出て欲しいと願っているのだ。

「……それはちょっと時間かかりそうやから、他にできることあらへん？」

「じゃあ武宏と由香里ちゃんの結婚式が見たい」

ああ、そういうことか……。

母さんは、あの世に旅立つ準備をしているのだ。

由香里とはもう付き合って長いが、結婚の話には至っていない。

もちろん結婚する気はあるのだが、収入もなく借金を抱えた状態で、由香里を幸せにする自信がない。でも腹をくくろう。

「わかった。結婚式見せたるわ」

母さんがクスリと笑う。

「まああんたはよくても、由香里ちゃんが断るかもしれんけど」

「……ほんまやな」

それはめちゃくちゃかっこ悪い。由香里、頼む。どうか断らんとってくれ。


ただ幸いなことに、由香里は結婚を承諾してくれた。

大晦日に、二人の昔の写真に音楽を乗せた映像を作ってプロポーズしたのだ。

アメリカで映像クリエイターになる。それは叶わなかったが、由香里と結婚できた。まさに芸は身を助けるだ。

高校生の頃出会った二人が、晴れて夫婦になった。

お金はなかったが、母さんの希望通り、結婚式もした。神前式で、俺は紋付袴、由香里は白無垢。

花嫁姿の由香里は、ハッとするほど綺麗だった。出会った頃の、不二家で働いていた由香里が頭をよぎった。

そんな俺達を、車椅子に座った母さんが、目を細めて眺めていた。まるで記憶の隅々にまで、二人の姿を焼きつけるように。

そしてその一月（ひとつき）後、母さんは亡くなった。

五十八歳の若さだった。

二〇〇一年
火葬場の白い煙突から、ゆらゆらと煙が立ち上っている。

目の前には薄汚れた灰皿スタンドと、パイプ椅子が置かれている。サビの浮いたその椅子に、どかりと腰を下ろした。

喪服のポケットから、タバコとライターを取り出した。タバコに火をつけて、肺いっぱいにニコチンを入れる。

唇をすぼめて顎を上向け、ふぅっと煙を吐き出す。煙突の煙と重なるように。

今母さんが、煙となって天国に向かっている。タバコの煙でお供させてもらおう。

今日が、母さんの葬式だった。

まだ五十代の若さで亡くなったので、泣いている人も多かった。弔問客の沈痛な面持ちを見ていると、母さんは好かれていたんだなと誇らしく思えた。

でも俺は、不思議なぐらい涙が出なかった。全身全霊で、母さんに付き添ってやれたからだ。

よく葬式で、故人の面倒を一番見ていた人ほど泣かないという光景を見るが、その気持ちが痛いほど理解できた。

見慣れた顔が、こっちにやってくる。

喪服姿の木下だ。普段スーツを着ないので、板についていない。

木下は隣に座ると、黙って空を見つめた。

その無言の間が、ああ木下だな、としみじみ感じさせてくれる。

俺が本当に辛い時ほど、木下は多くを語らない。ただ、静かに寄り添ってくれる。

火葬場の煙が、わたがしのような雲と溶け合っていた。心地いい春の風が、そよそよと吹いている。

タバコの煙と声を、同時に吐き出す。

「喪服持ってたんか?」

木下は少し目を丸くしたが、すぐに口角を上げた。

「持ってるに決まってるやろ」

「おまえのことやから燕尾服で来ると思うてたわ」

「それ、俺らのコントやんけ」

くつくつと二人で笑う。なんだか昔に戻ったみたいだ。

「なあ木下」

「なんや」

「一個おまえに頼みがあるんやけど、聞いてくれるか?」

「……金は貸さんぞ」

「ケチのおまえにそんなん頼むか」

「じゃあなんやねん」

「俺、いいとものテレフォンショッキング出たいねん。それをTKOの夢にしてくれへんか」

木下が目尻を下げた。

「ええな。それ。二人でタモさんの横座ろうや」

俺はもう一度空を見上げ、煙突の煙に語りかけた。

お母さん、もう一個の願いもすぐに叶えたるからな——。

その煙が、なんだか笑っているように見えた。

第四章　東京

二〇〇二年

「オートバックスM－1グランプリ二〇〇二、優勝はますだおかだ」

そうテレビ画面の中でMCが叫ぶと、増田が岡田と握手をした。

松竹の芸人が、漫才師の頂点に立った瞬間だ。

安田が、無邪気に喜びの声を上げた。

「木本さん、ますおかさんやりましたよ」

「……やりよったな」

今日は安田と一緒に、テレビを見ていた。

M－1グランプリは、去年創設された漫才の大会だ。結成十年以内の若手漫才師がしのぎを削る。その賞金はなんと一千万円。

何より話題を呼んだのは、審査員にダウンタウンの松本さんが入っていることだ。松本さんにネタを見てもらえる……。

それは俺や木下のように、ダウンタウンさんを見て芸人を志した者にとって、まさに夢の舞台だ。

去年は、『中川家』が優勝した。もちろんその実力もウケ具合も文句のないできだったのだが、俺達松竹の芸人は冷めた目で見ていた。

というのもこのＭ－１の主催者が吉本で、中川家は吉本の芸人だからだ。つまりＭ－１は、吉本による吉本のための大会だ。

ところが今、ますだおかだの優勝によって、その認識が間違いだと証明された。

漫才の歴史に、あいつらは名を刻んだのだ。同じ松竹の芸人として、これほど喜ばしいことはない。けれど……。

安田がまだはしゃいでいる。

「マジか。うわあ。ますおかさん、スターっすね」

俺はイラッとして、その頭をはたいた。

「松本さんの点数は低かったけどな！」

ベランダに出て一服する。ニコチンと年の瀬の冷気のおかげで、なんとか落ちついてきた。その冷えた頭で思いを巡らす。

漫才ブームが終焉し、ダウンタウンさんの東京進出以降、漫才の火は風前の灯火だった。

それを憂えた吉本の社員が、漫才を盛り上げようと奮闘した。

それは当然のことだ。だって漫才は、吉本の発明品なのだから。

平安時代からあった『萬歳』を、当時流行していた漫画から一字とって、『漫才』と改めたのが吉本だ。

着物を着て、鼓（つづみ）などの楽器を使う萬歳が、スーツ姿で二人のしゃべくりで笑わせる漫才へと進化を遂げた。

その漫才復活の起爆剤として誕生したのが、Ｍ－１だった。

本当に漫才が、往年の輝きを取り戻すのか？

去年の中川家の優勝までは半信半疑だったが、さっきのますだおかだの優勝で確信した。間違いない。これからは漫才の時代だ……。

ＴＫＯの武器はコントだ。デビューしてこの十年、コントしかやってこなかった。この漫才時代の到来は、あきらかに逆風だった。

あわててＭ－１用に漫才を作ったのだが、三回戦で落とされた。付け焼き刃は通用しないのだ。

そして今回のＭ－１でわかったのが、これからは純粋な面白さが求められるということだ。

それは決勝に進出した、『笑い飯』というコンビを見て感じた。

結成二年目の新人なのだが、正直外見がむさくるしかった。女性ファンが嫌悪するルックスで、清潔感がまるでなかった。どこか野良犬を連想させるコンビだった。

なのにボケとツッコミが交互に入れ替わるという斬新なスタイルで、爆発的にウケていた。若い女性客が、手を叩いて笑い転げていた。

その瞬間、確信した。これからは女性ファンを意識した、ワーキャーだけのアイドル芸人は淘汰されると。つまり若い頃の、ＴＫＯのような芸人だ……。

ぶるっと体が震えた。それは寒さからなのか、恐怖からなのかはわからなかった。

二〇〇五年

それから三年が経った。

今日は久しぶりの番組収録だった。しかも松竹芸人の特番だ。東京で活躍している仲間が、大阪に戻ってくる。よゐこさんや、オセロと会うのは久しぶりだ。

もちろんますだおかだもいる。仕事上では悔しい思いもしているが、二人ともいいやつだ。普段は仲がいい。

全員が集まる大部屋から、ワイワイとにぎやかな声が聞こえてくる。松竹芸人は数が少ない分、その絆も深い。そこは他の事務所に勝っている部分だ。

「CXやばいっすわ」

部屋に入ろうとすると、なじみのあるガサガサ声が聞こえてきた。

安田だ。

安田は以前組んでいた竹内とのコンビを解消した。俺に新しい相方を紹介したいと連れてきた。それも二人も。

俺は目を丸くした。

一人は、スキンヘッドでひげ面という強面（こわもて）の男だ。なのに声はかん高い。もう一人は太った巨漢で、元相撲取りだそうだ。

スキンヘッドの名前がクロちゃんで、巨漢の名前はＨＩＲＯ。

安田の役割は、この珍獣と猛獣のような二人を従えること。だから安田は、団長安田と名前を改め、コンビ名は『安田大サーカス』となった。

こんな妙なトリオが果たして売れるのか？　そんな俺の疑念が嘘のように、安田大サーカスは一気に売れた。

安田が口にしたＣＸという響きに、俺は立ちすくんだ。

ＣＸとはフジテレビの略称だ。関西芸人は大阪にいる際は、フジテレビもしくはフジと呼ぶが、東京に行くとＣＸと口にするようになる。

安田の戦場は、もう全国なのか——。

自分でも不思議なほど、ショックが大きかった。

後輩に追い抜かれる……そんな経験は、ますだおかだがお腹いっぱい味わわせてくれた。ただますだおかだは、もう養成所の時点で完成されていた。変な表現だが、抜かれる予兆を感じていた。あいつらはエリートだ。

けれど、安田はそうではない。

安田はＴＫＯに憧れて松竹に入り、俺達と常に一緒にいた。俺も木下も、そんな安田を可愛がっていた。

申し訳ないが、こいつは売れないと思っていた。自分達を脅(おびや)かさないから愛情を注げる。心のどこかに、そんな気持ちがあったことは否めない。

そんな安田にまで圧倒的な差をつけられた。十年以上辛酸を舐めさせられ、溶けて小石のようになった自信に、高濃度の硫酸が浴びせられる。もう消える寸前だ……。

部屋の中から、みんなのはしゃぐ声が聞こえてくる。話題は、東京のテレビ局についてだ。知っている番組と、知らないスタッフの名前が飛びかっている。

売れっ子以外、立ち入り禁止――。

そんな看板が見える気分になるが、いつまでもつっ立っていられない。

表情筋を上下に動かし、笑顔を作る準備をした。明るく、明るくふるまうんだ。今日は楽しい楽しい、松竹芸人の特番なんだ。俺が雰囲気を暗くしてどうするんだ。

そう活を入れて、勢いよく足を踏み出した。

「何々、なんの話してたん？」

よゐこさん、オセロ、他のメンバーの顔が固まった。

プロの、しかも売れっ子の芸人達の間に、微妙な沈黙が横たわる。喋りを生業(なりわい)とする芸人の中で、絶対生まれない静けさ。その無音の響きが、俺に教えてくれる。

ああ、ＴＫＯは終わったんだと……。

安田があわてて話題を変え、みんながその流れに乗った。あの沈黙がなかったかのように。俺に忘れて欲しいとでも言うかのように。

それに調子を合わせて、俺もテンションを上げる。

笑顔は絶やさなかった。けれど心の中では、涙が止まらなかった。

舞台を終えて、楽屋へと戻る。

今日もコントはウケた。以前のような若い女性向けではなく、どんな年齢層でもウケるネタができるようになった。あきらかに腕は上がっている。

なのに、仕事が増える兆しがまるでない……。

理由はわかっている。もうＴＫＯの芸歴は、十年を超えていた。そんな三十代半ばの芸人より、もっと若手で活きのいい芸人を選ぶ。俺がスタッフでもそうする。

コントをいくら頑張っても無意味だ――。

それは重々わかっている。でもだからといって、コント以外に何をすればいいのだ？　漫才を一からやるのか？　ただＭ－１の出場資格は結成十年以内だ。もうＭ－１にも出られない。

いっそウケなければあきらめもつくが、コントはウケるのだ。これほどたちの悪いことはない。だからコントにすがりついてしまう。

暗い気持ちで楽屋に入ると、木下が衣装から着替えていた。上着を脱いでＴシャツになると、その腹に目を奪われる。あきらかに腹が出ていた。

こいつ太りやがったな……よく見れば顔もむくんでいるし、顎下に肉がかなり付いている。

木下は少し前に離婚した。二十歳から付き合っていた彼女と、二十七歳の時に結婚したが、その四年後に別れたのだ。

それから生活が荒れ出している。太ってきたのも、不摂生のせいだろう。

私服に着替え終えるが、それがプーマのジャージだ。そういえばずっとジャージばっかり着ている。

それに帽子だ。二十代後半から髪の毛が薄くなってきて、それを隠すために帽子をかぶるようになった。

おしゃれでかっこいい。それがＴＫＯ木下の代名詞だったのだが、今は太ってハゲて、皮膚と化すほどジャージを着倒している。当時のファンが今の木下を見れば卒倒するんじゃないか。

髪の毛は致し方ないが、せめて体型と身なりを整えないと、数少ないファンまでもが離れてしまう。

おい、木下。なんや、その腹と服。ちょっとなんとかせえ……。

そう苦言を呈そうとしたが、声が食道に張りつき、空気の塊だけがこぼれてきた。

口をパクパクさせている間に、もう木下は楽屋を出ていた。いつも通りなんの挨拶もない。

「はあ」

満足に出せるのはため息だけだ。

母さんの葬式で、木下との関係性も少し修復したが、またすぐに元通りになった。ネタを作る時とネタをする時以外での会話がほぼない。

ただ三十歳を越えてからは、別の理由で、木下と言葉を交わせなくなった。

それは、恐怖だ。

三十歳――。

この年齢までに売れなければ、芸人を辞める。それがなんとなく、この世界の暗黙の了解となっている。

俺達はもう三十四歳だ。タイムリミットをとっくに過ぎている。木下と話し合いをすれば、絶対に解散の話になるだろう。

もし解散すれば、芸人は辞めることになる。木下以外の相方なんて考えられない。で、辞めてどうする？　三十代半ばのおっさんが、お笑い以外のことを何も知らない中年男性が、一体何ができるというのだ？

その未来を想像するだけで、喉がカラカラになり、下腹部が重くなる。

おそらくそれは木下も同じなのだろう。お互いの今後について話し合う必要性は感じているに違いない。でも、それが怖くてできない。

ダメだ。やめろ。まずは金だ。生活費を稼ぐ。借金を返す。そのことだけに専念しよう。そうすれば、将来を考えなくてすむんだから……。

冷蔵庫を開けて、何かないか物色する。肉だ。肉だ。肉があれば欲しい。贅沢をいえば牛肉がいい。

「お兄ちゃん、ちょっとええかな」

突然声をかけられ、うおっと飛び上がった。

声の主は、弟の義彦だった。

義彦は末っ子で、俺と年が十一歳も離れている。だから義彦には子供の印象しかないが、今はもう二十歳を越えて立派な大人だ。なんだか父さんにそっくりになってきた。

「なんや」

「話あるんやけど」

ずいぶんと深刻そうな表情をしている。

椅子に腰を下ろして、二人で向かい合う。義彦は言いづらそうにしていたが、やがて腹を決めたのか、喉仏が動いた。

「お兄ちゃん、いい加減芸人辞めてくれへんか」

巨人に心臓をわしづかみされたように、俺は微動だにできない。

芸人を辞めろ。いつか誰かにそう言われると覚悟していたが、それが義彦だなんて。

小さな頃は、お兄ちゃんお兄ちゃんと幼い声で付きまとっていた。俺の言うことはなんでも聞いて、口答えなんてしたことなかった。それなのに……。

俺が黙り込んでいると、義彦が続けた。

「お兄ちゃんもう三十四歳やで。さすがにその年で売れへんかったら、もうあきらめた方がええって。お父さんもお姉ちゃん達も、お兄ちゃんのおらんところでそう言うてる」

「……辞めてどうすんねん」

「うちを継いで欲しい。木本自動車を」

義彦の言うとおりだ。俺は長男なんだから、俺が継ぐのが自然な形だ。

義彦が、気の毒そうに首を振った。

「お兄ちゃんが頑張ってるのはわかってる。こんなん俺かて言いたない。でもお兄ちゃんは、ますだおかだにはなられへん」

まず頭に浮かんだのが、Ｍ－１で優勝した時のますだおかだだ。増田が握手を求め、岡田がそれに応じる光景。

それにかぶさるように、特番の光景も脳裏をよぎる。

俺が部屋に入った時の、みんなの、安田のあの微妙な表情。義彦に言われなくても、あの時点で気づくべきだった。

俺の芸人人生は、もう終わったんだって……。

気力をかき集め、なんとか声帯を震わせる。

「木下と由香里とも相談する。結論はそれからでええか」

わかった、と義彦がうなずいた。

その足で難波に向かった。

喫茶店、弁当屋、カフェバーなど昔バイトをしていた店や、なじみの店、お世話になった店に寄って、いろんな人と会話した。

芸人を辞める……。

そうはっきり口にはしなかったが、俺なりの別れの挨拶だった。

最後の店を出た頃には、空が白みはじめていた。

酔っ払いがシャッターの前でうずくまり、騒ぎ疲れた大学生達が、ゾンビのように金龍ラーメンを食べている。ゴミ袋が山のように積まれ、それをベッドに、ホストがグウグウと寝ていた。いつもの、気だるい難波の夜明けだ。

慈しむように、その景色を記憶の引き出しにしまっていく。

養成所があった浪花座も、千原兄弟のジュニアが呼んでくれて、立たせてもらった2丁目劇場ももうない。

あの時は、なくなるなんて思わなかった。そうとわかっていたら、もっと目に焼きつけておいたのに。俺の芸人人生は後悔しかない。

ぶらぶらと歩きながら御堂筋まで出る。

その道路脇に、まっ赤なオープンカーが停まっていた。まるで鏡のようにピカピカに磨き上げられている。それが朝日に照らされて、ルビーのように赤く輝いていた。

その助手席に誰かがいる。シートをフラットにして、高いびきをかいていた。

その顔には見覚えがある。俺の瞳が、一番よく見ているやつ。

木下だ。

おそらく金持ちの社長か何かと、夜通し遊んでいたんだろう。帽子が取れて薄くなった髪の毛が、早朝のさわやかな風にふかれている。

何してんねん、こいつ。なんで俺が最後に思い出に浸っている時に、スーパーカーで寝とんねん。何、朝日に照らされとんねん。おもろすぎるやろ。

腹の底から笑いが込み上げてきた。

やっぱり木下には、笑いの神様がついている。こんなおもろいやつが、売れないままで終わるわけがない。そんなこと、神様も俺も絶対に許さない。

俺はケータイ電話を取りだし、電話をかけた。相手は義彦だ。

「お兄ちゃん、何？」

眠そうな声が返ってくる。俺は矢継ぎ早に頼んだ。

「義彦、やっぱり芸人続けさせてくれ。一年。あと一年でええから。一年後に芸人として月五十万のギャラ稼げんかったらきっぱりあきらめて、工場継ぐ」

月五十万円——それが、俺が売れていた時の平均的な稼ぎだ。

期限を切って明確な目標を設けた上で、最後の挑戦をしたかった。

しばしの沈黙のあと、義彦が重い口を開いた。

「一年やな？」

俺の覚悟を問うような口調だ。

「一年や」

「わかった。お兄ちゃんが一年後に月五十万円稼いでたら、俺応援する。それでその時は俺が工場継ぐから」

「……ええんか」

びっくりして、一拍空いてしまった。

「ええ。俺決めたから。だからお兄ちゃん頑張ってな」

そこでわかった。この意気込むような口ぶりは、義彦自身の覚悟も込めていたのだ。俺の小さな弟は、立派でたくましい男になったんだ。

「ありがとう」

礼を言って電話を切ると同時に、目の前にある木下の頭をはたく。パーンと気持ちのいい音が、御堂筋に響き渡る。

木下がむくっと体を起こし、ぼうっとした顔で俺を見る。

「あれっ、なんで、木本おんの？」

「行くぞ」

「どこへ」

俺は簡潔に答えた。

「東京や」

■

「何、東京進出するやと」

松竹の社員が、仰天の声を上げた。

「はい。俺らＴＫＯは東京行きます」

このまま大阪にいてもらちがあかない上に、Ｍ－１に出ることができないのだ。ここは上京して、全国ネットの番組に出るチャンスを得るしかない。

「一年で結果出せへんかったら、芸人辞めます」

隣にいる木下も、真顔で首を縦に振った。

一年と期限を決めて、背水の陣を敷いて東京に挑もう――。

そう木下に提案すると、木下は了承した。

あのあとすぐに由香里にも一年だけ東京に行くと告げた。一年経ったらおまえも東京暮らしやと言うと、期待せんと待っとくわ、と由香里が笑った。

社員が、ため息交じりに訊いた。

「……おまえらこれで東京進出何回目や？」

「五回目です」

なぜか木下が、胸を張って答えた。

そう、俺達は、これまで東京進出に失敗し続けている。

一回目はデビューしてすぐの二年目。大阪で人気が出ていよいよ東京だという感じで、あるオーディション番組に挑んだ。新進気鋭の若手芸人の中から、次世代のスターを探すという趣旨だった。

その番組名が、『新しい波』だ。

TKOは選ばれなかったが、俺達はさほど落胆しなかった。まだ若いのだ。別の機会がいくらでもある。そう楽観視していたのだが、後々とんでもないチャンスを逃していたと思い知らされる。

その時選出されたのが、ナインティナインさん。そして俺達の直属の先輩であるよゐこさんだった。

この二組を含めて作られた番組が、『めちゃ×2イケてるッ！』。略称は『めちゃイケ』だ。

めちゃイケは大ヒット番組となり、若者の誰もが夢中になった。ナイナイさんとよゐこさんは、この番組をきっかけに全国区の芸人となった。

あの『新しい波』が、こんなお化け番組に成長を遂げるなんて、俺も木下も想像していなかった。

もし自分達が選ばれていたら、人生が変わっていたかもしれない……逃した魚はでかいというが、『めちゃイケ』という魚は、バラエティーの歴史に名を刻む巨大魚だった。

それでケチがついたように運にも見放され、その後の東京進出もことごとく失敗した。

社員が冷たく言い放った。

「東京に行くんやったら勝手に行け。マネージャーもなし。それでもええんか？」

「かまいません」

会社の後押しがないのは覚悟の上だ。自力で道を切り開くしかない。

「あと東京に行っても、おまえらが出れるライブは養成所生のライブだけや」

これだけ芸歴を重ねて、ほぼ素人同然の芸人達と一緒にされるのか……屈辱でこめかみがひくつくのがわかった。

木下は無表情で聞いていたが、手のひらに爪を立てている。痛みで怒りをごまかしているのだ。

ただこのいらだちが、筋違いだというのもわかる。ＴＫＯを推したい。会社にそう思わせられなかった、自分達が悪い。

「でも寮は住んでもいいですか？」

松竹は東京にマンションを借りていた。汚くて狭い部屋だが、そこに住めば家賃を節約できる。借金を抱えた身なので、東京で部屋を借りる金がない。

「それはかまへん」

ふうと胸をなでおろした。住む場所さえ確保できればなんとかなる。

木下と一緒に、新幹線に乗り込んだ。

二人並んで席に座るが、どうにも妙な気分だ。いつも新幹線に乗る時は、別々に座っていた。

さらに売れなくなってから上京する際は、会社からもらった新幹線のチケットを金券ショップで売り、ヒッチハイクで東京に向かっていた。

番組の企画でもなく、プライベートでヒッチハイクをやっていたコンビは俺らぐらいだろう。

この一年以内に、芸人としてのギャラで月五十万円稼ぐ――。

今日がその初日だ。だから奮発して、新幹線で向かうことにした。

木下が腰を下ろすが、こいつが太ってから隣同士で座るのははじめてなので、圧迫感がとてつもない。

「……さすがに席は隣やなくてええんやないか」

木下が、頑固そうに首を振る。

「アカン。これから戦場に行くんやからな。足並みはそろえなあかんやろ」

はっとして木下の横顔を凝視する。いつになく真剣な面持ちだ。

道中、木下と話し続ける。周りに迷惑をかけないように小声で、時折クツクツと笑いながら。

ずっと会話がない期間が続いても、こうしてすぐに親友に戻れる。お笑いコンビとは本当に不思議だ。

ふと窓に目をやると、富士山が見えてきた。今日は快晴なので、はっきりと見える。改めて眺めると、なんて綺麗な山なんだろう。山頂の白い雪が、目にも鮮やかだ。

富士山を見て感動する……そういえばはじめて東京の番組収録に呼ばれた際、そんな風に感じた記憶がある。

次第に慣れて何も感じなくなっていたが、今当時の気持ちを思い出した。

這いずり回って泥水をすすってでも、必ず売れてやる。

「木下、富士山やぞ」

右を向いて呼びかけると、木下はぐうぐうと高いびきをかいていた。

東京駅に到着すると、ケータイ電話が鳴った。社員からだ。

「すまん。あの寮、やっぱり無理になったわ」

「ちょっとどういうことですか？」

声がひっくり返る。

「あそこ、オジオズが住むことになったんや」

オジオズとは、お笑いコンビの『オジンオズボーン』のことだ。篠宮暁(あきら)と高松新一。TKOのかなり後輩にあたる。あの二人も東京進出するとは聞いていたが……。

「待ってくださいよ。ほな俺、住むとこどうしたらええんですか？」

「まあそこはなんとかしてくれ」

そそくさと電話を切られ、俺は呆然とした。

こうして五回目の挑戦は、金なし家なしという最悪のスタートを切った。

舞台からはけて楽屋に向かうと、ワイワイとはしゃぐ声が聞こえてきた。

一瞬躊躇したが、中に荷物がある。目立たないようにこそこそと入ると、

「お疲れ様でした」

後輩芸人達が急いで立ち上がり、直立不動で挨拶する。さっきまでのなごやかな空気が消えて、ピンと張りつめていた。俺は礼儀作法にうるさい。そんな噂が東京にまで聞こえているようだ。

申し訳なさで心苦しくなる。こいつらからしたら、俺達は邪魔で仕方がないだろう。こんなベテラン芸人が、養成所のライブにまぎれ込んでいるのだから。

すると若い女の子が、人懐っこい顔で尋ねてきた。

「木本さん、私達のネタ見てくれましたか？」

「うん。見たで」

「何かアドバイスありませんか」

後輩芸人の中で、この道重という女芸人だけは積極的に話しかけてくれる。俺は、おミチと呼んでいた。

気になった部分を指摘すると、おミチが深々と頭を下げた。

「ありがとうございました」

またなんでも訊いてくれ。そう答えかけたが、あわてて口をつぐむ。そんな偉そうな態度をとれば、自分がダメージを食らう。

その日の深夜、おミチがかん高い声を上げた。

「木本さん、ちょっと来てください」

楽屋ではなく、今はマンションの一室にいる。家具も何もない、ガランとした状態の部屋だ。

おミチは舞台衣装ではなく、水色の作業服を着ている。もちろん俺も同じ格好だ。なんなんと言いかけてすぐに、他の作業員が視界に入った。すぐに敬語のスイッチを入れる。

「なんでしょうか？」

おミチが髪の毛を一本、指で摘まんでいた。

「掃除する時は埃（ほこり）や髪の毛に気をつけてくださいって言ったじゃないですか」

「すみません。以後注意します」

できるだけ丁寧に謝罪する。

東京に来てからは、マンションのワックスがけのバイトをしている。おミチの家が清掃業を営んでいるので、頼んで働かせてもらっている。三十五歳にもなると、中々バイト先も見つからない。

舞台ではおミチは後輩だが、ここでは上司だ。立場が完全に逆転する。

二十代の若い後輩芸人に説教される。胸がジクジクと膿んだようにうずくが、こんなものは序の口だ。

仕事を終えて帰宅する。

もうへとへとだ。屈みながらワックスをかけていたので、腰の痛みがひどい。マッサージにでも行きたいが、そんな金はどこにもない。何せ昼飯を食う金もないのだ。

疲労と空腹と腰痛のかけ算で、吐き気が込み上げてきた。

よろよろとした足取りでマンションの一室に入ると、そこには男女のカップルがいた。

男の方が、陽気な声を上げげた。

「木本さん、お帰りなさい」

その男は、安田大サーカスの安田だった。

松竹の寮に入れないと判明したあと、長い葛藤の末、安田に連絡を取った。

家に住まわせてくれと頼むためだ。

俺達TKOに憧れて芸人になった安田に、金がないから住まわせてくれと懇願する。先輩としてこれほど情けない姿、安田には見せたくなかった。

しかも安田は同棲中なのだ。迷惑極まりないが、頼れる人間は安田以外にいない。

申し訳なさもプライドもかなぐり捨てて、安田に頭を下げた。安田も彼女も、快く了承してくれた。

安田が誘ってきた。

「今から外に朝飯食いに行くんですけど、木本さんも行きませんか？」

ぐうっと腹が鳴りそうになり、あわてて下っ腹に力を込める。

「俺はええわ。さっき食ってきたばかりやから」

「……ほんまですか？」

「なんやねんな。なんでそんな嘘つくねんな」

「それやったらええんですけど……」

浮かない表情で、安田が語尾を落とした。

安田と彼女が出て行くと、我慢していた空腹がぶり返してきた。

もちろん一緒に行って、腹いっぱい食べたかった。だが金がない。安田もそれを知っているので、代金を払おうとするだろう。

安田は後輩なのだ。先輩が後輩におごってもらう。芸人の世界で、それはありえない。俺はただでさえ、部屋に住まわせてもらっているのに。

何か食べさせろと絶叫する腹を押さえつけ、俺はゴロンと横になった。もう睡魔で、空腹を殺すしかない。

そして、あっという間に半年が過ぎた。
木下と一緒にネタを作り続け、養成所生のライブにかけるのだが、そんなライブを見に来るテレビ関係者などいるわけがない。

しかもライブは月に一回だけ。規模は小さく、回数も少なすぎる。劇場がなかった大阪の若手時代よりも、ひどいありさまだった。

マネージャーもいないので営業の仕事もないし、テレビ局に売り込んでももらえない。なんとかツテをたどって番組のオーディションに参加するのだが、まるで手応えがない。活きのいい若手芸人を探してんのに、なんでおっさんが来るんだよ……。スタッフの冷めた目がそう語っているのを、ひしひしと感じる。

大阪でも東京でも、こんな年の食った芸人は必要としていない。その剝き出しの現実を、これでもかと思い知らされた。

残りの期間までに、芸人のギャラで月五十万円を稼ぐ。絶対に無理だ……。

そう青ざめていると、

「木本さん」

安田が心底すまなそうに言う。

「……すみません。今日地方ロケで泊まりなんです」

またこの日が来たか……安田の出張する日は、俺にとっては地獄の日だ。

ズンと気持ちが沈み込んだが、それを顔に出さないように、細心の注意を払う。

「そうか、わかったわ」

安田が出張で家を空ける時は、俺は部屋を出る。さすがに安田の彼女と一緒に、一つ屋根の下で夜は過ごせない。

熱っぽい口調で、安田が懇願した。

「せめて木本さん、ご飯おごらせてください」

「なんでやねんな。ええって」

「お願いします」

「しつこいぞ。腹なんか減ってへんって」

しまった。空腹のせいでイライラが声に混じった。

すると安田の瞳から、ボタボタと涙がこぼれ落ちた。

「なんで、なんで木本さん、おごらせてくれんのですか。俺、木本さんに数えきれんぐらいおごってもうてるやないですか」

「……当たり前やろ。おまえ後輩なんやから」

「ＴＫＯさんが次もう一回売れたら、またおごってください。俺遠慮せんと、むちゃくちゃ高いもん頼みます。腹パンパンなるぐらいまで食べまくります。でも今は、今だけは、俺におごらせろ言うてんねん！」

つかみかからんばかりの勢いで、安田が泣き叫んだ。

安田に、こんなことを言わせるなんて……最低の先輩や……。

何とも言えない感情が込み上げてきて、鼻の奥がつんとした。俺は無言のまま、号泣する安田を、ただただ見つめていた。


しかたなく、安田と一緒に近くの定食屋に入った。そうしなければ、安田の収まりがつかなかったからだ。

そこで食べたコロッケ定食は絶品だったのだが、後輩におごってもらうコロッケは、ほんの少し苦く感じられた。

そのあと安田と別れて、晴海通りに向かった。銀座と築地の間を何往復もして時間を潰す。今日はネタ合わせもバイトもなかった。

散歩をするのは無料だからだ。たまに松竹から映画のタダ券をもらって見に行くこともあるが、基本は歩いて暇つぶしをする。

日が暮れて夜が訪れる。といっても銀座は、夜でも昼のように明るい。無数の蛍を集めたように、ネオンが煌々と光り出した。

その中で一番目立つのが、銀座和光の時計台だ。

洋風の建物で、銀座のシンボルマーク。ネオルネッサンス様式と呼ばれるもので、道頓堀にある松竹座もこんな感じだ。だからこの和光の時計台は妙に親近感がある。

時計がライトアップされている。夜の七時——そろそろ頃合いだ。

俺は踵を返して、築地へと戻った。目的地は松竹の本社だ。

ビルから社員達がゾロゾロと出てくる。顔見知りの社員がいた。

愛想よく、とびきりの笑顔で声をかける。

「なあなあ、飯食べさせてくれへん」

仕事終わりの社員を捕まえて、ご飯を食べさせてもらう。安田みたいな後輩にそれはできないが、松竹の社員だったら抵抗は少ない。すべては生活のためだ。

「すみません。今日ちょっと用があるんで」

そそくさと逃げてしまう。そういえばあいつには、おとといごちそうになった。さすがに連チャンはきついか。ただ今日は何か腹に入れておかないと身が持たない。

「何してはるんですか、木本さん」

パンツスーツの女性が、あきれたように言った。しめた。丸井だ。昔からよく知っているマネージャーだ。

「誰かにご飯おごってもらおうと思って」

丸井が、ふうと息を吐いた。

「それやったら私がごちそうしますわ」

二人で近くのファミレスに入る。

ハンバーグ定食を食べながら、丸井に近況を報告した。今の危機的状況を、丸井は静かに聞いてくれた。誰かに話せるだけで、気持ちが楽になる。

「よゐこさんはどんな感じ？」

丸井は、よゐこさんのチーフマネージャーだ。

めちゃイケの他に、『いきなり！黄金伝説。』というココリコの番組で、濱口さんは大活躍している。

もちろんよゐこさん二人の才能もあるが、丸井の力もあるだろう。彼女はやり手のマネージャーだ。

丸井と別れると、体がぶるっと震えた。最悪だ。今日はかなり肌寒い……。

夜は、まだまだ長い。ここからが地獄のはじまりだ。

安田が出張の日は、泊まるところがない。だから幽霊のようにふらふらと、寝ないで夜の街をさまよう。

その足で銀座のドン・キホーテに行く。ペンギンのマスコットキャラクターでおなじみの、ディスカウントショップだ。

まるで不夜城のように明るく、夜中なのに店内もにぎわっている。独特なあのテーマ曲が耳に響いてくる。その陽気な音楽とは反比例するように、気持ちが深く沈み込んでいく。数多くの安い商品に目もくれず、まっすぐ階段へと向かう。照明があたらないのか、かなり暗い。

その階段に座り、時が過ぎるのをひたすら待ち続ける。安田がいない日は、いつもこうしている。

擬態した虫のようにじっとしていると、警備員が巡回しにきた。ドン・キホーテの敵だ。彼が警戒する視線が、レーザービームのように刺さってくる。

俺は透明だ、幽霊なんだ……そう言い聞かせて、その視線を無視する。

いつもならこれでやり過ごせるのだが、今日の警備員はしつこかった。何度か俺の前を横切ったあと、しびれを切らしたのか、

「お客様、ずっとここにおられると他のお客様に迷惑ですので」

くそっと舌打ちをするのを堪えて立ち上がる。尻が腫れ上がったみたいに、ヒリヒリしている。

店を出て、どうしようかと途方に暮れる。まだまだ朝が来るまで時間がある。そこでふと、あるものに目が留まった。

それは、ダンボールだ。ダンボールが捨てられている。

俺はダンボールを拾い、築地の公園へと向かった。ちょうど松竹の本社が正面にある。タイル敷きの広場で、左の奥の方に何かが光っている。首都高の銀座入口だ。そういえば東京に来てから、車の運転をしていない。この東京で、車を買える日なんて来るんだろ

うか？

広場の端でダンボールを敷いた。その上で横になってみるとかなり肌寒い。そこでダンボールの間に体を入れてみた。サンドイッチのような形だ。

おっ、これはいいぞ……これだったら暖かい……。

何か新しい発見をした気分だ。ドンキの階段で警備員の目を気にしながら座るよりも、こっちの方が楽だ。今度からダンボールにくるまって寝よう。

そうはしゃいでいたら、今日のできごとが一瞬脳裏をよぎった。

後輩の安田を泣かせ、物乞いのようにおごってくれと社員に頼み、あげくの果ては、ホームレスのように公園で寝ている――。

目尻からしずくがこぼれ落ち、耳元が濡れる感触がした。目が涙でにじんで、高速道路の電光掲示板がぼやけて見える。

何を、何をしているんだ俺は？　東京に何をしに来たんだ？　なんでテレビに出ないで、ダンボールの暖かさに喜んでいるんだ？

その暴風雨のような情けなさは、やがて嗚咽へと変わっていった。グッグッと喉がしめつけられるように、涙声が止まらない。

売れないってこんなに辛いのか？　こんな目に遭わないといけないのか？　なんで、なんで俺達は売れないんだ……？

俺はダンボールを顔まで引き上げ、子供のように泣きじゃくった。

俺は、木下とネタを作っていた。

ファミレスのドリンクバーで、ひたすら粘り続ける。これがなければ、今の若手芸人はネタを作れないだろう。

木下が、閃きを口にする。

「ライブ行ってミュージシャンがぜんぜん知らん曲歌う時あるやん」

「あるなあ」

「それ知らんけど、なんかノリだけでごまかそうとするやつおらん？」

「おるなあ」

おるおるから入るネタだ。

俺達のコントはファンタジーの設定は少なく、基本身近にいそうな人を題材にする。

「木本がギター弾いて歌ってんねん。その隣で俺もギター弾いて合わせるんやけど、まったく曲知らんから、知ったかぶりで歌うんや」

画が浮かぶ。木下がやれば面白そうだ。

けれどすぐに、冷めた自分がこうつぶやく。

ネタを作って一体何になるんだ？

なんの手応えもないまま、貴重な時間だけが過ぎている。

由香里とは電話はしているが、もう七ヶ月以上顔を見ていない。いつ離婚を切り出されてもおかしくはない。

木下の表情には疲労の色が見てとれる。俺も、同じ面持ちをしているだろう。

約束の期限まで残り五ヶ月だ。

骨身に染みるほど、売れるのは不可能だとわかった。月五十万はおろか、芸人としてなんの稼ぎもない。公園で野宿するまで落ちぶれた。

あと五ヶ月間も耐えられる自信がない。もう切り上げよう。いい加減、由香里にも会いたい。

「木下、もう大阪帰ろっか……」

絶対に言わない。そう心に決めていた弱音が漏れ出た。

すると木下が、パンとはねつけた。

「アカン」

「……なんでや」

木下はきっとうなずく。そう思っていた。

「俺ら、まだいいとも出てへんぞ」

いいとも——。

その響きが、記憶のフタを開ける。

いいともで、タモリさんと並んだTKOを見たい。それが、母さんの最後の願いだった。

売れない日々の辛さに、そんな約束はすっかり忘れていた。

なのに木下は、それを覚えていたのか……。

ケータイ電話が鳴った。着信表示は、よゐこさんのマネージャーの丸井だった。

すぐに電話に出ると、きびきびとした声が轟いた。

「木本さん、今すぐ本社に来てもらえますか。木下さんと一緒に」

用件だけ告げると、丸井が電話を切った。


二人で本社の会議室に行くと、丸井が切り出した。

「上の人間と話して、正式な形ではないんですが、ＴＫＯさんにマネージャーを付けることになりました」

木下が、嬉しい悲鳴を上げる。

「ほんまに？」

マネージャーが付けば営業してもらえる。仕事も少しはもらえるかもしれない。

残り五ヶ月で、どうにか希望が持てた。希望さえあれば、過酷な日々も耐えられる。

そこでふと閃いた。

「マネージャーってもう決まったんか？」

丸井が首を振る。

「まだ誰かまでは決まってません」

俺は、ずばりと頼んだ。

「じゃあ丸井、おまえがＴＫＯのマネージャーやってくれへんか」

俺達タレントにとって、優秀なマネージャーは貴重だ。

タレントとは、『才能、才能がある人』を意味する英語だ。

その才能を磨き、セールスし、大勢の人に見てもらうようにするのが、マネージャーの仕事だ。

同じ才能でも、マネージャーの手腕一つで宝石にもなるし、ゴミにもなる。

それほどマネージャーは、重要な存在だ。

現にマネージャーが変わったことで、急激に売れっ子になったケースはゴロゴロある。

丸井がずば抜けて優秀なのは知っている。どうしても付いて欲しい。

手を合わせて懇願する。

「おまえが忙しいんはわかるけど頼む。有野さんにも俺からお願いするから」

「わかりました」

丸井が即答する。その速さに、木下が目を白黒させる。

「丸井、ええの？」

「元々ＴＫＯさんが私に付いて欲しいと言ってきたら引き受けるつもりやったんで」

「なんで？」

「お二人の現状知ってたら、ほっとけんでしょ」

ファミレスでおごってもらった時、丸井に仕事のなさを愚痴っていた。あれが功を奏したのか。なんでも言ってみるもんだ。

丸井が、一枚の用紙をテーブルに置いた。

「お二人にはこの特番のオーディションを受けてもらいます」

「えっ、もう仕事とってんの」

驚きを超えて、木下が呆気にとられる。仕事の速さが半端ない。

その用紙は、番組の企画書だった。番組名は、『爆笑レッドカーペット』だ。

丸井が淡々と説明する。

「番組が急遽打ち切りになって、その枠が空いて埋めることになったんです。既存のセットを使って、若手芸人のネタ番組をするそうです」

なるほど。ネタ番組ならば準備期間がなくてもできる。

「すでに売れてる芸人さん達を使ってやるそうなんですが、枠が一枠だけ空いてるみたいで、そこを狙いにいきましょ」

「たった一枠か……」

木下が苦い顔で、肩を落とした。枠が一つならば、競争率も凄まじいだろう。

丸井が指を一本立てた。

「ネタ時間は一分というのが番組のコンセプトです」

「一分……」

胸がざわざわした。ネタの時間にしては、一分はかなりの短さだ。でも、それは……。

「ショートコントやん」

木下が代わりに言う。

それは、俺達の武器であるショートコントだ。

大阪時代、爆笑ＢＯＯＩＮＧでグランドチャンピオンになった時にやったのも、ショートコントだった。

関西芸人で、俺達以上にショートコントに精通したコンビはいないだろう。

丸井が、同意の笑みを浮かべた。

「はい。この番組はＴＫＯさん向きやと思います。じゃあどのネタをオーディションに持って行くか選びましょう。さっ、見せてください」

「えっ、今やんの？」

びっくりして声の調子が変になる。

「オーディションはすぐです。ほらっ、はよしてください」

さすが仕事のできる女は一分一秒を無駄にしない。俺は妙な感心をした。


今まで作ったショートコントを片っ端から披露する。

丸井は無言でネタを見ながら、何やらノートにメモっていた。

四十本ほどやったところで、さすがに息が切れてきた。全力ではないとはいえ、これだけ連発でネタをすることはない。

木下が額の汗をぬぐう。

「丸井、どれかええのあったか？」

トントンと、丸井がボールペンでノートを叩いた。

「うーん、どれもおもろいんですけどね。なんか時代的にズレてるんですよね」

グサッとくる。三十五歳のおっさん芸人が、一番傷つく言葉だ。

「これにプラス新ネタお願いします」

丸井がノートを閉じた。

丸井と別れて、ファミレスに直行する。早速ネタ作りだ。

コーラを啜ると、木下が感慨深げに言う。

「まさかショートコントだけの番組ができるなんてな」

俺は釘を刺した。

「あんまり期待しすぎんなよ。ただの特番なんやから」

Ｍ－１のような、誰もが注目する賞レースではない。急遽枠が空いたから作られる、埋め草番組だ。

テレビ局も、なんの期待もしていないだろう。正直これで活躍しても、売れる足がかりになるとは到底思えない。

期待外れ、肩すかし……俺達ＴＫＯの、友達のような存在だ。

「でもこれが最後のチャンスやろ」

なぜか木下は、やる気満々だ。

俺達は将棋でたとえると、もう詰んでいる。でも最後に何か、一矢ぐらいは報いたい。

木下を見習って全力を出そう。

「そやな。やるか」

頬をはたいて気合いを入れた。

そして、オーディション当日を迎えた。

俺と木下、丸井の三人で電車に乗り、テレビ局に向かう。

丸井が尋ねた。

「それでどんなネタやるんですか？」

「これで行こうと思う」

新ネタを説明するが、丸井の反応は微妙だ。

その空気を察したのか、木下がこんなことを言い出した。

「知ったかぶりはどや」

俺は首をひねった。

「あれか？　でもあれショートコントやないし、オチもないやろ」

あの部分だけを切り抜いて見せる。そういう意図だろう。

「まあたしかに一分ネタの落とし方と、ショートコントの落とし方は違うけどやな」

丸井が食いついた。

「それどんなんですか？」

俺と木下で、軽くやってみる。

ジャンジャジャジャンと、俺がギターをかき鳴らすマネをして歌いはじめる。

それに木下が、とぼけた顔で合わせる。この表情は、誰にもできない木下の武器だ。

最後に、「知らんやろ！」とツッコんで終わる。やっぱり明確なオチがないので、どうもキレが悪い。

するとなぜか、丸井がパンと手を叩いた。

「それですやん。それ」

ぽかんと訊き返した。

「えっ、こんなんでええの？」

「何言うてるんですか。それが今の時代にバチッとはまったネタやないですか。オーディションでは、それを一本目に見せてください」

「……わかったわ」

半信半疑のまま、俺と木下はうなずいた。

「何千組！」

木下が飛び上がり、腹の肉がたぷんと揺れた。

このオーディションは、そんな驚異的な組数から選ぶと聞かされたのだ。

出演枠が三十三枠あり、そのうち三十二枠が決まっている。

その残り一枠を狙って、それだけの人数が競い合う。どんな競争率なんだ……改めて東京で売れる難しさを痛感する。

大部屋の控え室に入ると、若手芸人達が準備をしていた。ショートネタのオーディションなので、漫才師がほとんどいない。

コント主体のコンビやピン芸人は、衣装がとにかく派手になる。目がチカチカしてならない。

それと匂い……。

鼻にツンとくるアンモニア臭と、腐ったネギのような匂いがする。

若手芸人は、元々清潔とは縁のない連中だが、今は特にひどい。お笑いの賞レースやオーディション特有の臭気だ。

極度の緊張状態になると、口が乾いて口臭がひどくなり、強烈な体臭も漂わせる。お笑いコンビは、匂いで相方がどれだけ緊張しているかがわかる。

俺はベテランだから緊張なんてしない。大丈夫……。

そう言い聞かせるが、脇が汗でベトベトになる。汗腺が破裂したみたいだ。

順番が来たので、廊下に並べられたパイプ椅子に座る。ここでオーディション本番を待つのだ。

会場であるリハーサル室の窓すべてに、紙が貼られている。これでは中の様子がわからない。

自身の震えで、椅子がカタカタと鳴る。

「木本、大丈夫か？」

俺の異変に気づいたのか、木下が声をかけてくる。

「大丈夫やって」

なぜこんなに緊張するんだ？　ただの埋め草の特番だぞ。でも、心の奥底では理解していた。

このオーディションで選ばれなければ、一巻の終わりだと……。

些細なチャンスだが、そのチャンス自体がもう来ない。これを逃せば、長い芸人人生の幕が閉じる。

その恐怖と併走するように、別の不安がよぎってくる。

いいのか？　知ったかぶりのネタでいいのか？

これは絶対面白い。

そう自信を持ってぶつけられるネタだったら、たとえ落とされても悔いはない。綺麗さっぱりした気持ちで、芸人を辞められる。大阪に戻って、自動車整備の仕事を頑張れる。

けれど知ったかぶりで落ちたら？　それが人生最後のネタになるのか？

もちろん丸井の目利きは信用している。でも百発百中ではない。

その外れ弾が、知ったかぶりだったらどうする。一生癒えない後悔が、全身に刻まれる。

嫌だ。それだけは絶対嫌だ。

ネタを変えよう。丸井にはあとで謝ればいい。木下、やっぱりネタ……。

そこで我に返った。

もう順番が来て、リハーサル室の中に入っていた。

番組のプロデューサーや放送作家がズラッと並んでいる。

完全にパニックになった。とてもネタをできる状態じゃない。やばい、やばい……。

「おー、ＴＫＯじゃない」

どこか場違いな、間延びした声が響いた。反射的に前を向くと、そこに見覚えのある人物がいた。たしかこの人は……？

「八木さんやないですか」

思い出した。フジテレビの局員だ。

東京進出に失敗した最初の番組『新しい波』で、八木さんは照明の仕事をしていた。番組の打ち上げで、一緒に酒を呑んだ。今は技術担当だけど、いずれ番組を企画して演出する、制作部門に移りたい。そう熱く夢を語ってくれた。

じゃあお互い東京で、一緒に番組やりましょ。

俺はそう言い、酒を酌み交わしたのだ。十数年の月日を経て、その八木さんが目の前にいる。

「八木さん、何してるんっすか？」

「俺、この番組の総合演出」

「マジですか」

八木さんは夢を叶えたのだ。そしてその八木さんの番組で、ＴＫＯがオーディションを受けている。こんな偶然があるのだろうか？

八木さんが、冗談混じりに言う。

「まだ腐ってないんだね」

「腐るか！」

木下が声高くツッコむと、すぅっと体が軽くなった。

視界が良好になり、八木さんや作家達の顔がくっきりと見える。あの意識を失うような緊張が、嘘のように消えていた。

いける。これならいけるぞ。

俺はギターを持つ仕草をした。木下も、俺と同じかまえをする。

そして俺は、高々と上げた右手を、一気に振り下ろした。

そのわずか一分で、俺達ＴＫＯの人生は一変した――。

二〇〇九年

東京に来てわかったこと。スタジオアルタは狭い。

新宿東口にある新宿アルタの七階に、収録スタジオがある。これが、スタジオアルタだ。

ここで日本中の人が、必ず一度は見たことがある番組を放送している。

笑っていいとも――。

とうとう俺達ＴＫＯが、笑っていいとものテレフォンショッキングに出演する。

このコーナーに出れば、芸能人として認められたも同然だ。

それもこれも、『爆笑レッドカーペット』がきっかけだった。

俺達は、あのオーディションに見事合格した。

知ったかぶりのネタが、プロデューサーの八木さんやスタッフに大ウケしたのだ。丸井の目利きはたしかだった。

もし違うネタをしていたら、こうまではまらなかった。

番組でも爆笑をかっさらい、ＴＫＯは高い評価を受けた。

さらに幸運なことに、一回こっきりの特番が、毎週放送されるレギュラー番組に昇格した。特番が、とにかく好評だった。

一分という短さと、大量のネタを見られるという構成が、現代人の嗜好と合致した。この番組は、次から次へと人気芸人を生み出し続け、ショートネタブームの火付け役となった。

俺達はそんな人気番組に、何度も出演させてもらった。出演回数は最多に近い。売れない時代からコツコツ作ってきたコントの貯金が、ここで生きてきたのだ。どんな経験も無駄ではない。

よく耳にする言葉だ。売れない頃は何も響かなかったが、今は力強く同意できる。本当にそのとおりだ。

『爆笑レッドカーペット』を見た人気脚本家の三谷幸喜さんが、ＴＫＯを褒めるコラムを書いてくださった。

ウッチャンナンチャンさんの、『ザ・イロモネア』というネタ番組では、パーフェクトを達成し、百万円の賞金を得た。

雪だるまがふくらむように、仕事がどんどんと増えていった。

今まで影も形も見えなかった幸運が、俺達の元に一気にやってきた。

もう断言していい。俺達ＴＫＯは、ブレイクしたんだ。

人生の分岐点という言葉があるが、間違いなく俺と木下にとって、あのオーディションでの一分間がそうだった。

泥水の中をもがくような芸人人生が、グルンと百八十度回転したのだ。

セットの向こうから、「そうですね」というお客さんの声が聞こえる。いいとも名物の、タモリさんとのかけ合いだ。

ふと上を見ると、天井にはたくさんの照明がある。

そのキラキラ輝く光の中に、母さんの笑顔が見えた。

まぶたの裏に熱いものが込み上げ、あわててまばたきで押さえる。

お母さん、今から俺ら、タモリさんの隣に座るぞ——。

タモリさんが俺達を呼び込む。

「ＴＫＯです。どうぞ」

そして俺達は、夢を叶える最後の一歩を踏み出した。

第五章　転落

二〇一七年

目の前には、東京の夜景が広がっていた。

ここは、港区のタワーマンションの最上階だった。

高層と言われるビル群が眼下に見える。ビルにもランクがあって、上には上があるのだ。

田舎では澄んだ空気の夜空に、燦然(さんぜん)と星が輝いている。ところが東京の淀んだ空気の中では、夜空は暗闇に浸っている。

そのかわり地上では、光り輝く電気の星々が見える。東京では、空と地上が反転している。

そんな中で一際輝きを放っているのが、東京タワーだ。

ライトアップされて、赤く燃え上がっていた。なんだか神々しさすら感じる。

東京を司(つかさど)る神の像を、こんな目線で見られるのか。成功者の景色と言われるわけだ。

「雨上がりなんで、東京タワーが綺麗ですね」

男が話しかけてくる。この部屋の主である、春名さんだ。

「雨上がりだと綺麗になるんですか」

「空気には車の排ガスや塵などの汚れが含まれていますからね。特に東京は。それを雨が降って洗い流してくれると、空が綺麗になるんです。だから東京タワーも輝いて見えるというわけです」

「なるほど」

「この部屋に住んで、やけに東京タワーが綺麗な日があるなって調べたら、雨上がりだったんですよ。それでネット検索しただけなんですけどね」

ははは、と春名さんが白い歯を見せた。

タワーマンションに住まないと湧かない疑問だろう。生まれる疑問の種類にも、収入が関係するのか……。

「……ちなみにここって、家賃おいくらですか？」

東京の住居とは思えないくらい広い。離島の小学校ならば運動会ができる。

家具も一級品ばかりで、銀座のショールームみたいだ。

「たしか三百五十万円ですね」

くらっときた。ということは、年間四千万円以上払っているのか。

「着てる服は、全部ユニクロですけどね。これも同じの十着以上持ってます」

春名さんが嬉しそうに、自分の服を指でつまんだ。地味な黒いトレーナーだ。

そういえば初対面の時の服装も、いたってシンプルだった。

家賃は四千万円も払うのに、服はユニクロですませるのか。金額のバランスがおかしすぎる。でもこれが、お金持ちの感覚なのだろう。

彼は、起業家だった。

幼少の頃からプログラミングに親しみ、学生時代に起業した。その会社を成長させて大企業に売却したのだ。

その資金でまた起業し、事業を軌道に乗せて売却する。そういう人達を、連続起業家と呼ぶらしい。

知り合いの紹介で彼と出会ったのだが、その時はじめて、連続起業家なんて言葉を知った。

「起業して会社がうまくいったら、そのまま会社を続けた方が儲かるんじゃないんですか？」

「起業家の能力と、経営者の能力は違いますからね。僕は0から1が得意で、1から10は得意じゃないんです。それに事業を立ち上げる時が一番面白いんですよ」

「……なるほど」

ぜんぜんわからない。

「ただ今はベンチャーキャピタルがメインですね。個人的には少額ですが、エンジェルもやってます。エンジェルだとシードから応援できるんで」

キャピタル？　エンジェル？　シード？　なんのことだ。エンジェルは天使で、シードは種のことだろ？

天使が羽をパタパタさせながら、微笑を絶やさず種まきをする。

そんな想像をしていると、春名さんに褒め称えられた。

「そんなことより木本さん、ドラマ見ましたよ。ほんと演技うまいですね」

俺が、この前出演したドラマだ。ＮＨＫの朝の連続テレビ小説に出てから、役者の仕事も増えている。

相方の木下も、役者として人気がある。ＴＫＯを絶賛してくれた三谷幸喜さんの映画をはじめ、いろんなヒット作に出演している。

俺達がコントで培った表現力は、演技の世界でも評価されている。

春名さんの話にあいづちをうちながら、俺はちらっと窓の方を見た。

築地の方角……俺が、ダンボールにくるまり泣いていた公園……。

絶望の涙に溺れていたあの時から、もう十年が経つ。

レッドカーペットでブレイクして、俺達は全国区の芸人になれた。奇跡が何度も起きて、終電ギリギリで電車に駆け込めた気分だ。

だが十年という年月は、奇跡を日常に変えてしまった。

ブレイク当初は寝る間もないほど忙しく、体力的にきつかったが、それも次第に落ちついてきた。今は、仕事とプライベートのバランスが取れている。

ライブもできて、テレビも出られて、俳優業もできている。生活も安定し、普通のサラリーマンよりも高収入を得られている。

知名度が上がったので、社会的地位や資産のある人達とも知り合えた。

そこでわかったが、富裕層というのは極力表に出たがらない。

彼らは目立つことを嫌う。こちらが有名にならないと、出会う機会すらない。

こんな家賃三百五十万円の家に住む大金持ちが、ＴＫＯのファンだと熱っぽく語り、自宅に招待してくれている。

十年前と比べれば夢のような状況なのに、なぜか満たされない自分がいる……。

春名さんが、力を込めて言う。

「木本さん、もっとＭＣとかやった方がいいですよ。ゴールデン番組とかの」

「オファーがあったらやりたいんですけどね」

悪気がない分、胸にグサグサくる。現状、俺はその位置にまでたどり着けていない。

仕事も金もない頃は、売れたいという一念しかなかった。そしてやっとその夢が実現した時、ふと気づいた。

俺達には、売れたあとの目標がなかった。

ブレイク後に自分達はどうするべきか、何がしたいのか？

トップの芸人とは、常日頃から自分にそう問いかけている人達だ。売れない頃からその視点を持ち、山の頂上を目指している。

一方俺達は、ただ足元だけを見て歩いていた。ただ目の前の仕事をこなすだけで精一杯で、はるか先を見る余裕なんてなかった。

そのかつての視点の差が、今現実の差となってあらわれている。

ＴＫＯはあきらかに、山の上層部に行けていない。その高くも低くもない中途半端な位置が、どうにももどかしい。


春名さんと別れて、マンションを出る。

去り際に、コントライブ見に行かせてもらいますね、と春名さんが笑顔で手を振った。

金持ちもあのクラスまで到達すると、いい人しかいなくなる。

高級マンションの最上階から地上に下りると、劣等感がうずいてきた。城にせよ、タワーマンションにせよ、古今東西の成功者が高いところに住むわけだ。まさに天上人だ。

表舞台の芸人が地上人で、ファンが天上人——なんでそうなるんだ？

「木本さんじゃないですか」

ピカピカの黒塗りのバンの窓を開けて、誰かが手を振っている。

その人物はデザインパーマをかけて、派手なサングラスをしている。黒いジャケットが艶めいていた。

やばい人かと一瞬身がまえたが、すぐに警戒を解いた。

「小寺」

それは、小寺という男だった。陽気で愛想がよく、俺にとっては弟分みたいなやつだ。

俺は、目を丸くしながら車に近づいた。

「これ、アルファードのエグゼクティブラウンジか」

八百万円近くはする高級車だ。車を見れば、値段がパパッとはじき出せる。

「そうなんっすよ。いいでしょ」

小寺が、軽い口ぶりで応じる。三十代だが、年齢より若く見える。

「どうしてん。こんな高級車」

「木本さん、ちょっと呑みに行きません？」

「ええけど、おまえ車やろ」

「運転手雇ったんでぜんぜん大丈夫です」

言われてみれば、小寺は後部座席だ。

高級車に運転手……急に小寺の羽振りがよくなった。誰かが噂していたが、あれは本当だったのか？


そのアルファードに乗って、西麻布のバーに向かう。

二階のＶＩＰルームに案内される。高級ソファーがコの字形に配置され、壁には薄型のモニターが貼りつけられていた。

ここは、小寺がオーナーを務めるバーだ。お忍びで芸能人がよく訪れる。毎日のように、誰かの誕生日パーティーが開かれていた。

小寺は人懐っこい性格で、とびきり社交的だ。交友関係も広く、それを活かしてバーをはじめたのだ。

それにしても出会った頃は、まるで金がなかったのに……一体、この短期間で何があったんだ？

ソファーに腰を下ろすと、小寺が尋ねた。

「木本さん、あんなとこで何してたんですか？」

「ちょっと知り合いの家に呼ばれたんや。あのタワーマンションの最上階に住んでる人」

小寺が前傾姿勢になる。

「あそこ家賃うん百万円ですよ。何されてる方なんですか？」

春名さんの説明をする。小寺が興味津々で聞いていた。

あらかた話し終えると、やっぱりという感じで、小寺が声を高めた。

「結局投資なんですよね」

ベンチャーキャピタル、エンジェル、シードというのは、投資の世界の用語だそうだ。春名さんは、ＴＫＯファンなので訊けなかった。プライドが邪魔したのと、ファンの春名さんを幻滅させたくなかった。

でも小寺には、気軽に尋ねることができる。そう思わせるキャラクターも、小寺が人脈を広げられる要因だ。

「でもおまえも羽振りよさそうやん。バーの調子がええんやな」

やっと核心に入れた。

「バーの利益なんてたかが知れてますよ」

「じゃあなんで運転手付きのアルファードに乗ってんねん？」

「だから言ったでしょ。投資ですって」

「おまえもなんか！」

たまげた。こいつが投資なんてできるのか？

「俺は不動産投資ですけどね。労働者じゃなくて資本家にならないと、お金持ちになれないって気づいたんです。お金にお金を稼いでもらわないと」

お金がお金を稼ぐ……やけに印象的な言葉だ。

「お金が勝手に入ってくる、収入の自動化の仕組みを作るんですよ。それで収入の柱を増やしていくんです」

「収入の柱か……」

口が自然と動き、そうくり返していた。

小寺が軽快にまくしたてる。

「俺も不安定ですけど、芸能人なんてもっと不安定ですからね。世間の人は芸能人に儲かってるイメージ持ってますけど、今はそんな時代じゃないでしょ。実際そんな大金を稼いでるのって、一部のトップだけじゃないですか」

芸能人の知り合いが多いので、懐事情に精通している。

「テレビ局も景気が悪くて、実入りも少ない。人気がなくなれば、その微々たるギャラも消えてなくなる。バー経営もそうですけど、どっちも水商売なんですよ」

その言葉が、身に染みてならない。

水商売の語源は、水のように収入が不安定で、人気に左右される商売だからと言われている。

諸説あるそうだけど、俺達芸能人には、この説が一番しっくりくる。

「その点、不動産投資はちゃんと勉強して、情報を精査できれば、着実に儲かりますからね。労働者ではなく、資本家になれます。水の反対は土なんですよ。土はしっかりしてるでしょ。不動産投資は土なんです」

芸人でもないのに、やたらとトークがうまい。妙に説得力がある。

「木本さん、今何歳ですか？」

「……四十六歳や」

「木本さん実力あるのはわかりますけど、もう芸能界で活躍できる年数限られてるでしょ。本業の芸事ばっかりじゃなくて、飲食店経営とか何か別の収入の手段を考えるのも、そろそろありじゃないですかね」

「………」

黙るつもりはなかったが、声が喉を通過しない。おぼろげな不安を、彫刻刀で浮き彫りにされている気分になった。

ネタを終えて、舞台袖にはける。

今日のライブも大いにウケた。心地よい疲労感と満足感が、体を埋め尽くす。

楽屋に戻ろうと廊下を歩いていると、後輩がぼそぼそと挨拶をした。

間髪容れずに注意する。

「声ちっさいぞ」

「すみません」

あわてて後輩が頭を下げる。

「挨拶で声ちっさかったら、名前覚えてもらわれへんやろ。他の事務所の先輩とかと絡む時は、まずは知ってもらうことが大事やから。ちゃんと聞こえるように、挨拶はおっきな声の方がええぞ」

「ありがとうございます。以後気をつけます」

今度は声が出ていたので、にこりと応じる。安堵の面持ちで、後輩が立ち去っていく。

最近は後輩を叱らない先輩が増えているが、俺はそうはしない。

挨拶や師匠達への接し方など、芸人にとっての礼儀作法を教えてやるのが、先輩の務めだ。

後輩達の間では、『松竹の風紀委員』と言われているが、それでもいい。おせっかいかもしれないが、後輩が恥をかかないようにするためだ。

その分後輩にごちそうしたり、旅行に連れて行ったりはする。俺もよゐこの有野さんに、頻繁にごちそうになっている。

後輩を正しく指導し、おいしいものを食べさせてやる。あいつらが活躍できる土壌を作ってやりたい。

大部屋で、みんながワイワイ騒いでいる。誰かが手にしたスマホを見て、口々に何か言い合っている。

こっそりと背後から覗き込むと、木下の写真だった。

有名な俳優さん達と一緒に写っている。木下のＳＮＳだ。

「なんや、木下か」

そう声をかけると、しまったという感じで、後輩達が硬直した。まずい。緊張させたか。

「あいつ、ほんまミーハーやな」

大げさに笑顔を作ると、みんながほっと表情を崩した。

木下は、誰もが知る俳優やミュージシャンとよく遊んでいる。昔から派手な遊びが好きで、あらゆる人の誕生日パーティーに顔を出していた。

東京に来てからは、木下自身の知名度も増したので、知り合う人が豪華になっている。その様子をＳＮＳにアップするのだ。

元々ディスコで働いたり、ホストをしていたやつだ。根っからのパーティー好きなのだ。

でも後輩からすれば、芸人なんだから、芸人と遊んで欲しいという気持ちがある。

そのミーハーさやケチぶりも、イジって笑いにできれば、後輩達も満足する。芸人にとっては笑いが一番だ。

けれど木下はプライドが高いので、後輩がイジることは許さない。

イジった方が損するような空気に持っていくのだ。そこも後輩からすると不満だろう。

「みんな飯行こか」

まあいい。後輩におごってやるのは俺の役目だ。


今日は、発明をテーマにした特別番組の収録だ。出演者の若い男性はプログラマーだった。

一般の方がテレビに出ると、緊張でうまく話せない。

そこで積極的に話しかけて仲良くなり、緊張を解きほぐしてあげる。これも、芸人のテクニックの一つだ。

すると彼が、とつぜんこんなことを言い出した。

「木本さん、ビットコインって知ってますか？」

「ビットコイン？　何それ？」

「仮想通貨です」

彼の説明によると、仮想通貨とは電子データのみでやり取りされる通貨で、ビットコインはその一種だそうだ。

「ビットコインは革命なんですよ」

ビットコインが金融の仕組みを一新する。謎の日本人、サトシ・ナカモトが発明したブロックチェーン技術は、ありとあらゆるビジネスに応用可能だ。

意味不明な用語を連発して、熱弁を振るいはじめる。

どうどうと俺は落ちつかせる。

「それでそのビットコインがどうしたん？」

「これから確実に値段が上がるんで、絶対買った方がいいですよ」

「そんなんええわ」

そう一蹴するが、彼がぐっと距離を詰める。

「マジで儲かりますって。だまされたと思って買ってみてください」

「……ちょっと近すぎん」

唇を奪われるかとひやひやした。

人見知りみたいだが、一旦胸襟を開けば、心の友になるタイプだ。

「わかったって。そのビットコイン買うから」

こうでも言わないと、収まりがつきそうにない。

「いくらですか？」

「……じゃあ五万円、五万円買うわ」

「五万円ですか？」

彼の目に失望の色が浮かぶ。まずい。安すぎたか。

「三十万円買うわ」

彼の手ほどきを受けて、ビットコインを購入するはめになった。

仮想通貨なんて得体の知れないものに、三十万円もつっこんだ。後悔したが、その悔いはすぐに消えた。

「上がってる……」

最初は買って放置していたが、ふとチャートを見ると、一ビットコインが四十万円になっていた。

買った時点では、三十万円台だったのに……。

胸がざわざわし、額が熱くなった。何か、体験したことのない感覚だった。あわてて二十万円を追加する。

その日から一ビットコインが、四十万円、五十万円と上昇していく。そのたびに脈拍が速くなるのがわかった。

何度もスマホでチャートを確認した。もうスマホを片時も離せない。

でも、さすがに仕事中はスマホを見られない。それが俺をやきもきさせた。網膜にチャートを表示して欲しい。

そして十一月には百万円の大台に乗り、十二月になると……。

「二百四十万円！」

我知らず声を上げていた。一気に価格が高騰したのだ。

ドバドバと壊れた蛇口のように、脳内にドーパミンがあふれ出ている。裸になって大声で叫び、駆け回りたい気分だ。

五十万円が、約八倍近くに跳ね上がった。もし百万円分買っていたら、八百万円になっていたのか……。

周りの芸人仲間が、ギャンブルにはまる理由がわかった。この脳天をつきぬけるような高揚感を、みんな味わいたいのだ。

すぐにネット検索して、ビットコインの初期値を調べる。

ビットコインの運用がはじまった二〇〇九年は、一ビットコインの価格は〇・〇七円だった。

じゃあもしその時、五十万円分のビットコインを買っていたとしたら、一体いくらになるんだ。

震える指で、電卓のアプリを起動する。表示された数字に、声にならない声を漏らした。

「十七兆円……」

嘘やろ。何度か確認したが、桁は間違えていない。八年前に戻って、当時のビットコインを買い占めたい。

なんであいつは八年前に教えてくれなかったんだ。あっ、そうだ。八年前には会ってなかったのか……。

そこでハッとする。これでは超大穴の万馬券が出て、「これ買ってたらなんぼになるんや」と妄想するおっさんと同じじゃないか。

まずはこの八倍に膨れたビットコインをどうしよう？

ここで売る選択肢はない。売るわけがない。たった半年ほどで八倍になったのだ。このまま置いておけば何十倍にもなる。

これが、お金でお金を稼ぐということなのか——。

ふと春名さんのタワーマンションや、小寺の運転手付きのアルファードが頭をかすめた。あれは富裕層の世界で、自分には関係がない。

そうあきらめていたが、それは間違いなのかも。俺には投資の才能があるのでは？　芸人としての収入という柱に加えて、もう一本柱を作れるかもしれない。

いける。いけるぞ……そう胸を躍らせた。


ところが年が明けると、その胸の高鳴りは失望となった。

一月から価格が急落していった。そのうち上がるだろうと待っている間に、価格はどんどん下がり続けた。

あわててリップルなど他の仮想通貨に乗り換えたのだが、ことごとく失敗した。結局、大損してしまう形となった。

後々わかったのだが、それは仮想通貨バブルと呼ばれるものだった。


そしてこの経験が、俺を変えていった——。

二〇一八年

「仮想通貨はドルコスト平均法で買うのがいいんですよ。一気に買うんじゃなくて、資金を分散して購入するんです。これでリスクを抑え、安定して利益を得られます。投資初心者は、これが一番ベターな買い方ですよ」

レストランでランチをしながら、息継ぎする間もなく説明する。

さっき読んだばかりの、仮想通貨の雑誌に書かれていた知識だ。

十人ほどの人間が、俺の話を聞いている。みんな仮想通貨に興味を持っている人達だ。

あのビットコイン騒動以来、俺は仮想通貨にどっぷりはまった。

あの時は損切りや塩漬けなどの基本的な用語も知らず、ただ勧められるままにビットコインを買っただけだった。

それが偶然にも、急上昇するタイミングと合致した。それで興奮して、我を忘れてしまった。

ズブの素人が、すぐに儲かるほど甘い世界ではない。仮想通貨バブルでの損は、いい授業料となった。

勉強だ。勉強をしなければならない。

そこで何十冊と投資の本や仮想通貨の雑誌を買い、読みふけった。つてをたどって仮想通貨の専門家に話を聞かせてもらい、最新の知識を蓄えていった。

何かスイッチが入った気分だ。学生時代にこれぐらいの意欲があったら、弁護士になれたかもしれない。

このコインが今きてる！　このコインが熱い！　そんな話をあちこちでしていると、

「私も教えてください」と口々にみんなが言いはじめた。

いいよ、いいよと応じているうちに、仮想通貨仲間が自然発生した。

そんな人達に向けて知識を披露するのが、最近楽しくてならない。

隣にいた若い男が、感服したように言う。

「木本さんって凄いですね。本当はプロの投資家なんじゃないですか？」

凄い……その言葉が胸をくすぐる。最近本業の芸人の方では、久しく耳にしていない。

「そんなことないですよ」

「一流の芸人さんって話術が巧みすぎですよ。説得力が半端ないです。営業マンやってたら日本一になれたんじゃないですか」

そういえば昔から、営業力に関してはやたらと褒められる。


以前、お気に入りの化粧水を、会う人会う人にお薦めした。その多くの人が、あれよかったよと絶賛してくれた。

周りのメイクさんの大半が、俺の薦める化粧水に切り替えてくれたほどだ。プロの美容家に認められた気がして、俺は得意満面だった。

「何、その化粧水のメーカーからマージンもうてんの」

木下にそうツッコまれた。そんな木下も、その化粧水を愛用している。

そういえば思い出した。

高校生の頃だ。俺はラジオの『ヤングタウン』を聞いていて、歌手の渡辺美里にどはまりした。

彼女の『GROWIN' UP』という曲を、どうしてもオリコンのヒットチャートに入れたい。

そう考えた俺は、勝手にチラシを作って住道の駅前に立ち、

「渡辺美里さんのGROWIN' UPをお願いします！」

と配り歩いたのだ。

木下はあきれていたが、俺のそんな性格は昔から変わらない。

いいと思った人や物や情報は、全力で応援して、全力で薦めたくなる。それでみんながハッピーになってもらいたい。ただそれだけなのだ。


そんな想いにふけっていると、彼がなにげなく尋ねた。

「木本さん、ＦＸはやらないんですか」

ＦＸとは、外国為替証拠金取引の略だ。アメリカに旅行すると、円をドルに替えることになる。簡単にいえば両替のことだ。

この為替レートは絶え間なく変化している。一ドルが百円の時もあれば、百五円の時もある。百円で買って、百五円で売れば五円の儲けとなる。この差額を狙うのがＦＸだ。

こめかみをポリポリと掻く。

「仮想通貨の話しましたけど、正直仮想通貨は今停滞期なんですよ。現状では触らない方がいい状態で、法定通貨のＦＸで堅くやった方がいいなと思っていたところなんです」

「そうなんですか。私も興味あるんですが、かなり難しそうですよね」

「たしかに……」

軽く勉強をしたが、本の知識では何もわからない。

ＦＸのプロがいれば、教えてもらいたい――。

そんな風に考えていると、別の知り合いがこんな情報を持ってきてくれた。

「木本さん、最近凄腕のＦＸトレーダーと知り合ったんですよ。ほんと凄くて、エントリーのタイミングがどんぴしゃなんです」

「そんなに凄いんですか？」

「まだ二十歳なんですけどね。天才ですよ。天才。木本さんもしご興味おありならば、彼を紹介しますよ」

「ぜひお願いします」

興味があることを、周りに知ってもらうのは本当に大事だ。そうすれば、こんな有益な情報も舞い込んでくる。人脈は宝だとしみじみと感じた。


楽屋にいると、木下があらわれた。

その表情を見て嫌な予感がする。何か言いたいことがあるのだ。

「……木本ちょっとええか」

やはりだ。

「おまえ、最近いろんなとこで仮想通貨の話してるそうやないか。噂なってんぞ」

「それの何が悪いねん」

「そんな怪しげな金儲けの話なんかすんな」

「何言うてんねん。投機ちゃうぞ、投資やぞ。おまえに違いわかんのか？」

「そんなんええねん。とにかくやめろ」

むかっときた。

じゃない方芸人――。

コンビのうち一方は人気者で、一方は知名度が低く印象が薄い存在。コンビ格差を揶揄する言葉だ。

ＴＫＯでは、俺が『じゃない方芸人』となった。

売れるまでは二人で頑張ればよかったが、一旦売れると、一人一人の実力を示さないと生き残れない。

木下には強烈なキャラも、スター性もある。でも俺にはそれがない。

そこで俺が見出したのが、趣味や知識を語る路線だ。家電が好きで詳しいから、家電のことを話していたら、そっち系の仕事が増えてきた。

今はビジネス系のＷＥＢサイトで、政治・経済系の仕事をしている。時事問題も語れるようになりたい。

仮想通貨や投資も、いずれ仕事に繋がっていく。そこを、木下にどうこう言われる筋合いはない。

木下が、自分に問いかけるように言う。

「……やっぱり俺らキングオブコント出なあかんかもな」

キングオブコント――。

コント日本一を決める大会。

俺達ＴＫＯは、過去四回決勝戦に進出した。司会はダウンタウンさん。つまり憧れの二人の前でコントができる。まさに夢の舞台だ。

「……何言うてんねん。もう出えへんって話し合って決めたやろ」

キングオブコントの出場には芸歴制限はない。出ようと思えば、ベテランでも出ることはできる。

だが、よゐこの有野さんがこんな風にたとえてくれた。

三歳、四歳の子が遊んでる砂場の真ん中で、二十歳の青年に遊ばれたら、小さい子は出て行くやろ。おまえらはもう、砂場で遊んだらあかん芸歴やって。

だから俺達は後輩に道を譲るために、二〇一五年から出場はやめた。

木下が、複雑な表情をしている。俺も木下も口にはしていないが、本音はまた別にあった。

それは、恐怖だ——。

若手の勢いに押されて、ウケなくて落ちればどうなる？　今のバラエティーの仕事、役者業も減る危険性がある。ＴＫＯの看板に傷を付けたくなかった。

要するに、俺達は守りに入ったのだ。

木下がまっすぐ俺を見る。

「おまえ気づいてるか？」

久しぶりに顔を見合わせたので、少なからず動揺した。

「何がや」

「今まで俺らいろんな番組出たよな。モノマネ番組とか歌番組とかで結果残したよな。おまえも俺も、有名な映画とかドラマとかに出させてもらったよな」

「……それがどうしたんや」

「みんな褒めてくれたよな。凄いな、やったなって」

話の先が見えず、俺はいらいらした。

「だからなんやねん」

「でもな、芸人は褒めてくれへん。芸人が褒めてくれんのは、キングオブコントの決勝行った時だけやねん」

強い言葉ではない。淡々とした口ぶりだ。けれどその抑揚のない声が、俺の芯を揺さぶってくる。

「ジュニアとか大輔さんとか、普段ＬＩＮＥとかそんなにせえへん人らが、その時だけは連絡くれる。

『やるなあ。かっこいいなあ。俺もがんばらなあかんな。刺激なるわあ』って。

正直、俺、それがむちゃくちゃ嬉しかった。なんならその言葉が聞きたくて、あれだけキングオブコントに熱を入れてたんかもしれへん」

木下の頰に、なんとも言えない笑みが生まれる。

「賞レースに出るのは正直しんどい。きつい。でもあれだけ緊張して、あれだけワクワクすることとってもうないやろ。なんか俺ら、あの時の熱を忘れてんちゃうか？」

「……単独ライブやってるやろ」

キングオブコントに出場してはいないが、コントは作り続けている。

「単独も一生懸命やってるけど、俺達のことを好きなお客さんの前でネタすんのと、俺らのこと興味ない賞レースの客の前でネタすんのはちゃうやろ」

「ほなまたキングオブコント出んのか」

「……そうは言うてないやろ」

木下がトーンダウンし、俺は舌打ちと共に立ち上がった。

「もうええ。タバコ吸ってくる」

喫煙所に向かいながらも、むかむかが収まらない。

結局木下は何が言いたいんだ？　仮想通貨のことを考える暇があったら、コントを考えろとでも言いたいのか？

輪郭をなさないいらだちが、腹の中で暴れ回っている。これは、ニコチンでないと抑えつけられない。

タバコを口にくわえたタイミングで、電話がかかってきた。よゐこの濱口さんだ。

「どうしたんですか」

濱口さんが、弱り気味に切り出した。

「きもっちゃん、ちょっと聞いてくれるか？　木下のことなんやけど」

ことの経緯はこうだ。

濱口さんが結婚する。その知らせを聞いて、木下がパーティーを企画した。

木下は、普段自分から率先してそんなことはしないが、濱口さんは木下が一番慕っている先輩だ。恩義を感じて、パーティーを企画したのだろう。

木下は参加者の後輩達から会費を集めて、パーティーを開いた。俺は用事があって、それには参加できなかった。

パーティーは大いに盛り上がったそうだが、問題はここからだ。

濱口さんは、木下が後輩達から会費を徴収したとは知らなかった。てっきり木下達先輩陣が、払ってくれていると思っていた。

後輩にお金がないことを、濱口さんは重々承知している。わずかでも身銭を切れば、火の車になるほど、みんな貧乏なのだ。

そんな連中に、自分のためにお金を払ってもらうのは心苦しい。

そこで濱口さんが、パーティーの費用の八万円を払って帰ったとのことだった。

とりあえず濱口さんに謝り、電話を切った。

ケチの木下に、投資をとがめられていたのか。仮想通貨で稼いで、八万円払えと言ってやろうか。

むしゃくしゃした気分で、タバコに火をつけた。

その年末に劇場の仕事があった。このあとはオールナイトで忘年会ライブが行われる。

四十代も後半になると、夜通しのライブは体力的に少しきつい。気合いを入れないと。

廊下を歩いていると、後輩に呼び止められた。

「木本さん、ちょっといいですか」

「なんやねん」

冴えない表情をしている。

「木本さん、木下さんの八万円の件、その後どうなったか知ってますか？」

八万円とは、濱口さんの結婚パーティーでの八万円だ。

後輩が教えてくれる。

木下はその宙に浮いた八万円を使い、濱口さん夫婦に、ヘリコプターのナイトクルーズをプレゼントした。

けれど濱口さん達のスケジュールが合わず、まだ実現できずにいる。そこで後輩達に、ある不信感が生まれていた。

木下さんは、八万円をちょろまかしたのではないか……。

会費はたった数千円だが、後輩からすると大金だ。それを先輩の木下が、しれっと懐に入れている。後輩からすると許せない行為だ。

それをイジって笑いにしたいが、木下はそれもさせてくれない。それに関して、後輩達が不満を溜めているそうだ。

普通の考え方だと、濱口さんが支払ってくれたのならば、そのまま後輩に返金すればいい。

でも木下の性格からすると、「濱口さんを祝うパーティーで、濱口さんにお金を使わせるわけにはいかない」と考えたのだろう。木下は、濱口さんに敬意を払っている。

そこで、ヘリコプタークルーズのプレゼントを閃いた。

濱口さんは、後輩にお金を払わせたくない。そのお金でプレゼントされても、はた迷惑なだけだ。

でも木下は、そうは思わない。

濱口さん夫婦にヘリコプターに乗ってもらって、東京の夜景を満喫して欲しい！

その閃きのワクワクが、配慮をふきとばしたのだろう。

全員の想いが、見事なほどねじれている。

もちろん木下は、ちゃんと濱口さんのために八万円を使うつもりだ。かばうつもりはないが、そういう約束は必ず守る男だ。嘘はつかない。

俺が自腹を切って、後輩達にパーティー代を返してやるか……でもなんで木下のために、そんなことをする必要がある？　この前口論したのもあって、その考えを撤回する。

そこで後輩が、わずかに表情をゆるめた。

「でも篠宮さんが、俺らが陰でこそこそ木下さんの悪口言ってんのもどうかと思うし、木下さんのためにもならんから、今日の忘年会ライブで木下さんイジるって言うてます」

篠宮とは、オジンオズボーンの篠宮だ。やっぱり男気のあるやつだ。

木下と篠宮は仲がいい。

木下が離婚して、意気消沈していた時期があった。長い付き合いだが、木下があれほど落ち込む姿を見たことがなかった。

そんなどん底の時だ。篠宮は木下を神戸のルミナリエに連れて行き、慰めていた。

木下は篠宮の気遣いに、心から感謝していた。俺から見ても、あいつらは固い信頼関係で結ばれている。

兄弟みたいなものだ。ふがいない兄貴を、正義感のある弟は許せないのだろう。

篠宮ならば、うまくイジって笑いに変えるだろう。それで後輩達も、胸のつかえが取れる。

芸人にとって、笑いが一番の特効薬だ。

ただそれが間違いだったと、すぐに判明した。

その忘年会ライブで、ある騒ぎが起きてしまった。

まずその忘年会ライブは、会場でお酒を呑みながら楽しめるものだった。

夜中のライブなので時間が空く。そこで木下と篠宮が二人で食事に行き、俺は別の後輩達と行動を共にした。

ライブの入り時間になったので会場に入ると、木下と篠宮は、かなりお酒が入った状態になっていた。

その二人の酩酊ぶりを見て、俺は胸騒ぎがした。

ライブが開かれ、時間も経ったところで、TKOに対する暴露コーナーがはじまった。

篠宮が、あの一件を切り出した。

「木下さん、あの八万円どうなったんですか。ちょろまかしたでしょ」

お客さんがどっとウケた。後輩達も笑っている。間も声の張り上げ方も絶妙だった。

それに気をよくしたのか、篠宮が追撃を加える。

「さんまさんの番組でも、かしわ餅スベってたでしょ」

木下は以前さんまさんの番組に、かしわ餅のキャラで出演した。

その際大失敗して、スタジオが凍りついた。SNS上では、放送事故かと揶揄された。

その一件で、木下は心に深い傷を負っていた。それを今篠宮が、ナイフでえぐった。

俺は目を見開いた。木下の丸い顔が、まっ赤になっている。

かしわ餅ではなくて、桜餅だ。その表情でわかる。本当に、心の底から触れられたくない部分だったのだ。

木下は、芸人らしいリアクションをすることもなく、ライブは尻すぼみで終わった。舞台を降りるやいなや、木下は篠宮に激昂した。手元にあったペットボトルを篠宮に投げ、そのまま楽屋を出て行った。

そのペットボトルが、篠宮の顔面に命中した。

もちろん狙ったわけではない。偶然、当たってしまったのだ。

俺がステージから降りて楽屋に戻ると、木下はすでに会場をあとにしていて、その姿はなかった。その場にいた芸人達が、その時の状況を教えてくれた。

何をしてんねん、と俺は呆れ果てた。

四十代後半のベテラン芸人が、そんなことをするか？　ものを投げつけるなんて、小学生じゃないんだぞ。後輩への接し方もキレ方も下手すぎる。

「最近の木下は変わった。もうどう付き合っていいかわからない」と嘆く人もいた。一同に漂う空気の淀み方に、俺は思わずたじろいだ。

まずは、被害者である篠宮に対して謝った。

「……すまんかったな、篠宮」

「いえ、僕のイジリ方が下手やったんです」

篠宮の沈んだ表情を見て、申し訳なさで胸がいっぱいになった。

翌日すぐに木下に電話をすると、開口一番命じた。

「とにかく篠宮に謝れ」

木下が不服そうに返した。

「でもあいつら、俺が菊池に八万円預けてたの知ってんのにイジってきてんぞ。お客さんの前でお金のこと言うんは違うやろ」

菊池とは、後輩の一人だ。その事実は知らなかった。

「まだそれはええけど、かしわ餅までイジりやがって」

「それでもペットボトル投げるのはアカンやろ……」

「………」

「篠宮には謝っとけよ」

「……わかった」

まだ不服そうだが、とりあえず了承した。

ふうと脱力すると、由香里が心配そうに訊いてきた。

「木下君、なんかあったん？」

俺は笑って首を振った。

「なんもない。兄弟喧嘩みたいなもんや」

お互い酒が入っていたのと、木下と篠宮の関係性がそうさせた。

木下が篠宮にきちんと謝れば、すぐに解決するだろう。

二〇一九年

六本木のレストランの中で、一際目立つ男がいた。

髪の毛をピンク色に染めて、黒ずくめの格好をしている。服が地味なので、余計にその髪の色が目立っている。

スッと目が切れ長で、鼻筋も通っている。肌もつやつやで、シワもしみもない。ちょっと若い頃の木下にも似ている。イケメン芸人と言われて、バレンタインチョコを三千個もらっていた頃だ。

今は太って坊主頭のおっさんになったが……。

あいつが噂の天才君だな。見るからにそんな風貌をしている。

声をかけるかどうか。そう躊躇していると、そのピンク頭の男が俺に気づいた。こっちに歩み寄ってくる。

「はじめまして。木本さんですか？」

「はい。そうです」

「僕、木本さんに会えるの楽しみにしてました。単独ライブのＤＶＤも買って全部見ました。すっごい面白かったです」

「ありがとう」

芸人は、ネタを褒められるのが一番嬉しい。お世辞だろうが、悪い気はしない。

「あっ、これ、お荷物になるかもしれませんがよかったらどうぞ」

そう紙袋を手渡してくる。北海道の定番のお土産『白い恋人』だ。

天才FXトレーダーなので、斜に構えて無愛想なやつだったらどうしよう。

そう懸念していたが、手土産持参で来るような好青年だった。

ピンク色の頭とのギャップもあって、より性格が良さそうに見える。

彼の名は、富井祐介。

高校生の頃にFXにはまり、卒業してからはトレーダーとして活動している。

俺が高校生の頃はまっていたのはバンドだ。その頃に投資にのめり込んでいたやつなんて誰一人いない。

早速本題に入る。

「FXってどうやって勉強すんの？」

「いろんなトレーダーの考え方があると思うんですが、やっぱりまずは書籍ですね。ネットの情報と違って、書籍は信用性がありますからね。トレーダーの配信を見て勉強される人もいるんですが、まずは本でトレード戦略の知識を身につけることが大事です」

俺は、まずなんでも本で勉強をする。それを古いと言われなくてよかった。

「FXがどんなものか、実際見てもらった方が早いですね」

祐介が、ノートパソコンを取り出した。

「木本さん、適当に西暦と日付言ってください」

「えーっと、じゃあ二〇一七年八月九日」

その日付を入力すると、チャートが表示された。過去検証というやつだ。トレードの練習のために使われる。

祐介が、チャートを見ながら説明する。

「俺はスキャルピングで、トレードは秒単位なんですよ。これは一分足ですね。あとインジケーターはなしでいいです」

「えっ、インジケーターいらんの？」

インジケーターは相場分析のサポートツールだ。本には必須と書かれていた。

「あれは無意味です」

一蹴すると、祐介が画面を指さした。

「今こういうチャートなんですけど、えーっとここでインですね。見ててください。こっから上がってくるんで」

祐介の言うとおり、グラフが上昇していく。

「はい。ここで売ります。これで利益が確定できました」

「ほんまや」

鳥肌が立った。

あの日付は俺が適当に言ったものだ。事前に相場を調べておくことなんてできない。なのに祐介は、いとも簡単に利益を出した。

こいつは本物の天才だ——。

興奮のあまり、首筋が熱くなった。

それから祐介が上京するたびに、ＦＸを教えてもらった。

次第に、それ以外の話もするようになった。ＦＸでは天才だが、普段の姿は朴訥(ぼくとつ)な青年だった。俺の話も興味深そうに聞いてくれた。

その無邪気な笑顔を見ていると、ふとこう思った。

こんな息子がおったらな……。

俺達夫婦に子供はいないが、祐介は自分の子供でもおかしくない年齢だ。たしか木下の子供が、祐介と同じぐらいの年頃だ。

芸人の後輩にはそんな気分にならないが、祐介にはそんな風に思ってしまう。こいつの性格がそう感じさせるのだろう。

祐介が、俺を見据えて訊いた。

「木本さんって元々大阪ですよね。どうして上京されたんですか？」

「大阪でにっちもさっちもいかんようになって、勝負かけようと思って東京に来たんや」

当時の記憶を思い出す。まさにあれが、人生最大の大ばくちだった。

「やっぱり勝負かけるんだったら東京ですよね」

自身の覚悟を確認するような、そんな表情をしている。

「木本さん、俺、上京しようと思うんです」

「上京してどうすんねん？」

「俺、有名なトレーダーになりたいんです。ユーチューブで配信したりして」

「ええやん」

祐介が上京すれば、もっと頻繁にＦＸを教えてもらえる。

「ただお母さんにどう言おうか悩んでて」

「それやったら俺がお母さんに言ったるわ。息子さんの面倒は俺が見るからって」

祐介が顔を輝かせた。

「ほんとですか。木本さんみたいな有名な人が言ってくれたら、お母さんも絶対安心してくれると思います」

「住むところも心配すんな。一から部屋を借りるのは大変やから、俺の事務所に住めよ」

家の前に、別で事務所を借りている。

「助かります」

俺が上京した時は、住む場所がなくて安田の家に転がり込んだ。

ひどい時は、公園でダンボールを敷いて寝ていた。そんな辛い想いを、祐介にはさせたくない。

「あー、ぜんぜんアカン」

スマホを見て、肩を落とす。

祐介にＦＸを教えてもらっているのだが、中々利益が出ない。

デモの練習でこれなのだ。本番はうまくいきっこない。

祐介と出会って薄々わかってきたが、ＦＸの世界は、才能が必要なのではないだろうか。

直感が優れていないと、あんな芸当不可能だ。

マネージャーから電話がかかってきた。切迫した声が響き渡る。

「木本さん、木下さんの記事が出ます」

背筋が一瞬で冷たくなり、キュッと喉が鳴った。死角から棍棒で殴られた気分だ。

間を置いて、探るように尋ねる。

「……なんの記事や？」

芸能人の不祥事があいついでいるが、木下が何かしたのか？

「木下さんが、篠宮さんにペットボトルを投げた件です」

「……なんやそれ？」

緊張からのギャップで、まぬけな声が漏れ出る。ボケかと思ったが、その響きは真剣そのものだ。

説明されて思い出した。

去年の年末の、忘年会ライブだ。もう九ヶ月も前のできごとだ。

暴力は言語道断で、木下には非しかないが、被害者の篠宮には謝罪して、すでに解決済みだ。

それにそんなことが、記事にするほどニュース価値があるのだろうか？

その電話を切ると、木下に連絡を取る。

「おまえあの時、篠宮に謝ったよな。あれから何回か謝りやって言ったよな」

「…………」

無言のままなので、思わず叫んだ。

「ちゃんと答えろや！」

消え入りそうな声が返ってくる。

「ごめん……謝ってない」

「何してんねん！」

詳しく事情を聞くと、ペットボトルを投げた翌日、木下は篠宮に対してこんな暴言を吐いていた。

「昨日なんであんなこと言ったんや。俺はおまえを信用してたんやぞ。ライブの直前に飯食べてたんやから、その時直接言えよ。おまえとはもう、共演したない！」

篠宮はペットボトルを投げられても、木下をかばっていた。篠宮は、木下から謝罪の言葉が聞けると期待していた。

なのに逆に木下になじられて、篠宮は激昂したそうだ。篠宮が怒るのも無理はない。木下の悪い癖が、これでもかとあふれている。篠宮との距離感の近さが裏目に出て、素直に謝れなかったのだ。

とりあえず電話を切り、今後の対応を後日話し合うことにした。

うろうろと歩きながら、一旦状況をまとめる。

今は芸能人の不祥事に対して、世間の目は厳しい。ＳＮＳが普及してからは、その傾向は特に強い。間違いなく木下は叩かれる。

でも不倫をしたり、反社会的勢力と交遊したり、大麻を所持していたわけではない。ペットボトルを投げた。それが運悪く、後輩の顔に当たった。

木下がすぐに謝罪すれば、記事にもならない。今回は、埋め草記事として載るのだろう。不祥事としてのレベルは、そこまで高くない。

最悪の状況を想定しても、木下の謹慎ぐらいだろう。自粛してほとぼりが冷めれば、すぐに復帰できる。

大丈夫、大丈夫……。

そう自分に言い聞かせ、なんとか落ちつくことができた。

だがそれは、極めて安易な考え方だった。

その後木下は、大バッシングを受けた。その一件は後輩に対する、パワハラとして報じられた。まるで、社会問題のような扱い方をされたのだ。

その記事に追随するように、木下関連の記事が出た。

そのどれもが、木下の過去の行動から笑いの部分を削り取り、パワハラという文脈に落とし込んでいた。そこには悪意しか感じられなかった。

パワハラ？　あの木下がパワハラ？

子供の頃からの付き合いだが、あいつにそんなイメージは一切ない。喧嘩や暴力沙汰も一度もしていない。ただただ、楽しいことが好きなだけのやつだ。

けれど、相方の俺がそれを口にすれば言い訳になる。

木下の派手な交友関係も、火に油を注ぐ形になった。調子に乗っている、天狗になっている。世間には、そうとらえられていた。

だからそんな人間が一回コケると、猛烈に叩かれる。木下はその標的になった。

小さな小さなタバコの燃えかすが火種となり、ＳＮＳからドバドバとガソリンが注がれ、大きな山に延焼している。

俺は消火活動をすることなく、ただ呆然と、巨人のような業火を眺めている。

髪の毛と皮膚を焦がすような猛烈な熱さ。吸い込んだ高温の空気が食道を襲う痛み。バチバチと火が爆ぜる音……。

想像と現実の境目がわからないほど、それはリアルに感じられた。

そしてその火力の大きさに、俺以上に動揺したのが事務所だった。

もう木下をマネージメントすることは不可能だ。会社はそう判断した。

木下は、松竹芸能を退所することになった。


重役と社員は木下への解雇通知を終えると、会議室から出て行った。

俺と木下の二人きりになった。木下が謹慎同然の状態になってから、ほとんど二人きりになる機会もなかった。

深海のような沈黙が横たわる。湿り気を帯びた重力で、呼吸すらできない。

木下は顔面蒼白になり、テーブルの上で手を組んで黙り込んでいる。ここ半年の心労のせいか、肌がくすんでいる。

その手の先には、書類があった。解雇の旨を伝えるものだ。

なぜ、こうなったんだ？

俺が木下の行動について、口酸っぱく注意すべきだったのか？

俺が、あの会費の八万円を払っておけばよかったのか？　俺が、木下に代わって篠宮に、もっと詫びを入れるべきだったのか？

一体、この不幸をどう止めればよかったんだ！　誰か教えてくれ！

そう叫びたくなるのを堪えて立ち上がり、窓に近寄った。目線を下にやると公園があった。

三十五歳の頃、泊まるところがなくて、ダンボールで寝ていた場所だ。

そのかつての自分が、今はまぼろしのように見える。

「……木本」

振り向くと、木下が乾いた唇で言った。

「ごめん……」

そう謝罪する木下の姿を直視できなかった。見たくない……いや、見られなかった。

顔を逸らすと、ちょうどテーブルの上の解雇通知が目に留まった。その一枚の紙切れが、俺に過酷な現実をつきつける。

木下はもういない――。

こいつの才能を確信して、ＴＫＯを組んだのだ。こいつが相方だからこそ、なんとかこの地位までたどり着けたのだ。

その木下が消えるということは、半身をもがれたのと同じだ。

俺はこれから、体半分で生き残らなければならない。

できるわけがない……木下が謹慎していた半年間で、それを思い知っている。

どうしたら、どうしたらいいんだ……。

全身の毛穴から汗がふきだし、肩の筋肉が石のように強張る。

木下が立ち上がり、側に寄ってきた。

「木本、ＴＫＯの名前は残してくれへんか」

かすかな気力を、必死でかき集めたような面持ちだ。

木下が松竹を辞めて、俺は残っている。通常ならばその時点でコンビは解散になり、ＴＫＯも終わる。

「コントを、コントをやりたいんや」

そう真剣な形相で、懇願してくる。

そうだ。まだ希望はある。

それは、木下の事務所復帰だ。俺が必死に頑張れば、また木下を元に戻してもらえるはずだ。

時間はかかるだろう。でもそれまで、なんとか耐えるしかない。

「わかった。ＴＫＯの名前は残す」

そう固くうなずいた。

二〇二〇年

俺は、マスクをして街中を歩いていた。

街は閑散としていて、あきらかに人の数が少ない。上京してはじめて、これほど人口密度が低い東京を見た。

コロナ――。

新型コロナウイルス感染症が世界的に感染拡大し、未曽有のパンデミックとなった。未知のウイルスが世界中の人を苦しめる。そんなのＳＦ映画の中の話だ。なのにそれが、現実となってしまった。

二〇二〇年開催予定だった東京オリンピックが、一年延期となった。オリンピックが延期になったことは、歴史上一度もないそうだ。そんなありえないことが、今現実に起こっている。

俺達の生活も一変した。

混雑する場所はなるべく避け、会社の会議もオンラインで行われる。うがい、手洗い、アルコール消毒などの予防対策は、マナーではなく義務となった。

大きな変化がマスクだ。冬以外にマスクをする人なんてほとんどいなかったが、今はほぼ全員がマスクをしている。

マスクをしていないと白い目を向けられ、距離を置かれる。危険人物扱いされるのだ。俺は、マスク姿でリハーサルをする後輩に、よく注意をしていた。なのに今はそれが、正しいふるまいになっている。

大きな声で挨拶しろ。そう彼らを叱っていたが、そんな飛沫を飛ばす行為は、言語道断だ。何か過去の俺が、ふとどき者に思えてくる。

本当に、世界は一変したのだ。

そして俺達芸人の世界も変わった。人が集まれなくなったので、劇場は閉鎖。ライブも営業もできない。大口を開けて笑えば、ウイルスを拡散させてしまう。

テレビ番組の収録も、ゲストはリモートになり、その数自体も減っている。だいたいコロナの前から、テレビの世界は不景気だった。

つまり、お笑い芸人の収入が激減した……。

もちろん飲食業や観光業の人達の方が苦境に立たされている。それは重々承知しているが、俺の場合は二重に苦しい。

木下が事務所を辞めたので、ＴＫＯとしての仕事もないからだ。木下の謹慎からの退所とコロナの影響で、収入がガクンと減っている。

芸人とは、ここまで不安定なのか……。

以前小寺に、芸能人は水商売だと指摘されたが、まさにそのとおりだ。

ペットボトルの水一本で、これほどの危機に陥るのだから。

余裕があれば笑えるのだが、今はまるで笑えない。家族が路頭に迷うかもしれないのだ。恐怖にも似た感情が、皮膚の下を這いずり回る。

今、木下の事務所復帰に向けて動いてはいるが、一年や二年で戻れるとは思えない。コロナも簡単には収束しないだろう。

柱がいる。早急にもう一本、収入の柱が必要だ。

その柱を求めて、俺はマンションの一室に向かった。


「木本さん、入ってください」

トレーダーの祐介が招き入れてくれる。もちろんマスク着用だ。俺は持参のアルコールシートで手を消毒してから、部屋の中に入った。

ここは、祐介の事務所兼住居だ。俺の事務所を使う予定だったが、やはり自分で部屋を借りたいと言い出した。

今日は日曜日で為替市場が開いていない。祐介も休みだ。なるべく、土日に訪ねるようにはしている。

室内には、たくさんのモニターが置かれていた。高価なデスクとゲーミングチェアもある。

トレーダーは座業なので、腰痛防止用に、高性能の椅子が必要となる。

祐介の隣には、もう一人若い男がいる。つり目で狐に似ている。マスクをしているので、よりその目が強調されていた。

祐介のトレード仲間の井手という男だ。

祐介と同じく北海道が地元で、祐介が上京したので井手も東京に住みはじめた。祐介はクールだが、井手はざっくばらんな性格だ。

今はこの部屋を使って、祐介と一緒にトレードをしている。

間髪容れずに本題に入る。

「祐介、ちょっと訊きたいことがあるんやけどええか」

「なんですか？」

「投資に必要な一番の才能ってなんやと思う？」

「メンタルですね」

祐介が即答する。

「投資って結局自分の心との戦いなんです。トレーダーは最初に自分のルールを作るんですが、メンタルが弱い人って、心がぶれるとすぐにルールを破っちゃうんです。それだとない。

安定して勝てません」

「じゃあ感情の浮き沈みが少ない人が向いてんのか？」

「はい。ロボットのような冷静さが必要ですね」

ならば芸人は絶対に不向きだ。感情表現を大げさにしないと、観客や視聴者には伝わらない。

井手がしぶい顔をした。

「俺も、すぐトレードで熱くなるんっすよね」

祐介が肩を揺らした。

「ほんと井手はトレード中に叫んでるもんな」

祐介の答えで確信が持てた。

「俺の金、運用してくれへんかな」

これが今日の目的だ。

本業以外に収入の柱がいる。それを投資にするため、知識を増やしてきたが、俺には向いていない。

価格が上下動するたびに一喜一憂してしまう。もうそれが芸人の性質だ。祐介の言うとおり、それでは儲かるわけがない。

それにＦＸで本気で稼ごうとしたら、モニターの前に張りつく必要がある。芸人の仕事と両立するのは不可能だ。

じゃあどうすればいい。簡単だ。人の力を借りればいい。

井手が、大げさに手を振った。

「俺、人のお金預かれないっすわ」

「誰がおまえに頼むか！　俺は祐介に頼んでんねん」

「いいですよ。木本さんの頼みですから」

祐介が笑顔でうなずいた。


俺は、すぐさま祐介に百万円を預けた。その数日後、祐介の事務所を訪れると、

「木本さん、今日はかなり儲かりましたよ」

「ほんまか」

「ええ。ボーナス相場だった上に、得意の勝ちパターンがきたんで。あのチャートの形だと百発百中なんですよ」

祐介は嬉しがることもなく、淡々と説明する。

「木本さん、どうしますか？　単利で毎月利益を渡す形の方がいいですか？」

「いや、単利じゃなくて複利で運用してくれ。ある程度儲かったら渡してくれたらええから」

「さすがですね。俺もそっちの方がいいと思います」

俺は、得意げに言った。

「複利は人類による最大の発明だ。知っている人は複利で稼ぎ、知らない人は利息を払う」

「アインシュタインの言葉ですね」

祐介が、にこりと微笑んだ。

木下が退所して以来、沈みに沈んでいた心が、久しぶりに高鳴った。

ニョキニョキと竹の子みたいに、収入の柱が出てきたような気分だ。

お金の不安が、霧が晴れたようになくなる。

ほっとしたなんてものじゃない。全身がとろけそうなほどの安堵感だ。

百万円では足りない。もう少し資金を追加した方がいいだろう。

「ほんまそいつ凄いんですよ」

久しぶりの食事会で、俺はまくしたてた。

祐介のおかげで順調に儲かっている。それをみんなに教えていたのだ。

一同が目を輝かせて聞き入っている。最近舞台にも立てていないので、そのキラキラする視線がたまらない。

中年の男性が、かぶりつくように言った。

「木本さん、その富井祐介さんを紹介してもらっていいですか？　俺もお金運用してもらいたいです」

「もちろん。ぜんぜんいいですよ」

俺も、私もと次々と声が上がる。

「ぜひぜひ。みんなで儲けましょう」

わっと歓声が上がる。

ただあまりの興奮ぶりにどぎまぎした。いつもの癖で、熱弁を振るいすぎた。

「まずはみなさん、祐介に直接会ってくれませんか。それで彼を信用できるとなってから考えてみてください」

そこでやっと、一同が落ちついた。


すぐに祐介に尋ねると、「俺もちょうど運用資金を増やしたいと思ってたんで、ぜひお願いします」と答えた。

そこで後日、みんなと祐介の顔合わせの機会を設けた。

俺と会った時と同様、祐介がノートパソコンを開いて説明する。

「僕の手法は超短期トレードです。利確と損切りを素早くやるイメージですね。儲け幅は少ないんですが、コツコツと利益を重ねて、リスクの少ない運用をしています」

前に俺に見せてくれた、過去検証のデモで実践してみせる。その鮮やかな手際に、一同から称賛の声が上がる。

ぜひ運用して欲しいと、みんなが祐介と連絡先を交換しはじめた。

ちょんちょんと腕をつつかれた。

花宮という名前の男性だ。普通のサラリーマンだが、投資に興味があるとのことで、誰かが連れてきた。

会話が嚙み合わないタイプで、若干苦手意識がある。

「木本さん、ちょっといいですか?」

「なんですか?」

「私面倒なんで、木本さんにお金を預けていいですか？　木本さん、マージンとったりしますか？」

ぶんぶんと首を振る。

「そんなんとらないですよ」

お金は欲しいが、マージンで儲けようなんて微塵も思わない。

祐介の才能で、みんなが儲けて欲しい。目的は、全員がハッピーになることだ。

「私、木本さんだったら信用できるんで、木本さんにお金を預けます。利益が出たら私にください」

もう決定済みかのような口ぶりだった。

「……わかりました」

しかたなく了承した。

その結果集まった総額を聞いて、俺は青ざめた。

「一億七千万円……」

みんなよほど祐介を信用したのか、とんでもない金額になった。

まさか、一億円を超えるとは思わなかった……。

その大金に気圧されそうになるが、すぐに考えなおす。資金が大きければ利幅も増える。

祐介の才能ならば、みんな大儲けできるだろう。

それが俺の望みじゃないか。そう言い聞かせて、その怯えにフタをした。

スマホのメッセージを見て、笑みが堪えきれない。

『利益が20％出ました』

祐介からの報告だ。トレード画面まで添付している。

儲けが出るたびに、こうして報告してくれている。トレードは順調のようだ。

収益の半分が、祐介のものになる。あいつもすぐに大金持ちになるだろう。

由香里が不思議そうに言った。

「何、にやにやしてんの。めずらしい」

木下の退所以来、落ち込み気味だった。

「別になんもあらへん」

由香里が、じっと見つめてくる。

「何か私に隠しごとしてへん？」

「なんもしてへんわ」

ドキリとするが、すぐに平静を装う。何もやましいことはしていない。

「まあええけど」

追及を免れたので、ふうと息を漏らした。

「それより最近、小説も読んでないし、映画も見てないやん。インプットの方は大丈夫なん？」

上京してからは、なるべくいろんなものを吸収するように心がけていた。

売れっ子芸人は、どれだけ忙しくても時間を作って、多種多様な作品に触れている。そうして日々、感性を磨いているのだ。

俺もそれを見習っていたが、最近は投資でおろそかになっている。

「……インプットしても今はコントでけんやろ」

ごまかす方便のつもりが、想像以上に声が沈んでしまった。

「そっか……」

由香里が肩を落とした。

家を出て歩きはじめる。

途中でステーキハウスに立ち寄り、ステーキのサンドイッチを購入する。最近ロケで知ってはまっている。祐介への差し入れだ。これを食べてもらって、ガンガン稼いでもらおう。

今立ち寄っていいかどうか、祐介にメッセージを送ると、「すみません。今トレード中です」と返ってきた。

忘れていた。今は市場が開いている時間帯なので、仕事のまっ最中だ。でもせっかく買ったのだから、差し入れだけでも置いて帰ろう。

サンドイッチの入った紙袋をブラブラさせながら、木下のことを考えた。

あいつは事務所を辞めると、すぐに自身のユーチューブチャンネルをはじめた。

それが、俺の神経を逆なでした。

そんなことをすれば、事務所の心証が悪くなる。松竹芸能への復帰が遠のく結果になるのは目に見えている。

なのにあいつは、その簡単な我慢ができない。もちろん収入が途絶えてあせる気持ちは、痛いほど理解できる。でもそこは辛抱して欲しかった。

ただ、木下復帰への下準備は着々と進んでいる。

祐介のおかげで収入の不安が消え、心にゆとりが生まれてきた。本や映画を見る気分にもなれるはずだ。

事務所に到着すると、井手が扉を開けた。バタバタとすぐにトレード部屋に戻る。

部屋に入ると、井手一人しかいない。

「あれっ、祐介は?」

井手が、モニターから目を離さずに応じる。

「あいつ、今日はトレードしてませんよ」

どういうことだ? さっきトレード中と返信してきたのに……。

あわてて祐介に電話をする。

「祐介、おまえ今何してんねん」

「えっ、トレードですけど」

「嘘つけよ。今事務所来たら、井手しかおらんやないか」

「…………」

電話越しに、動揺しているのが伝わってくる。

「……すみません。今相場が危うくて、トレードは休んでるんです。説明するのが面倒だったんで、トレードしてるって言っちゃって。申し訳なかったです」

「そうなんか……」

「それと最近、スキャルピングからスイングとかポジションにスタイル変えようと思ってて、その勉強の時間も欲しくて」

「なるほど……」

ポツンと、水に墨汁を一滴垂らしたような、そんな胸騒ぎがした。

俺は、喫茶店でコーヒーを飲んでいた。

あれから祐介の様子を観察していたのだが、あきらかに以前とは違う。

トレードの画面も見て、きちんと収益が出ているのは確認している。成果は着実に出している。

けれど上京した頃の、必ず成功するという熱が見えない。ユーチューブもなんだかんだ理由をつけてやっていない。それも妙に気になる。

トレードに慣れたということなのだろうか？　結果が出ているのだから、別段文句はないのだが、胸騒ぎが収まらない。

その一因が、一億七千万円という莫大な金額だ。

その額の大きさがプレッシャーになり、気が気ではない。

別に俺の金ではないのだが、俺がきっかけで、みんな祐介に大金を預けることになった。

祐介を監督する義務のようなものが、なぜか自然発生していた。だから祐介の変化に、過敏に反応してしまう。

あと、自分の子供ぐらいの年齢の若者に、疑惑の目を向けるのも嫌でたまらない。

井手があらわれた。

「木本さん、どうしたんですか？」

「最近祐介の様子どうや？」

「様子ってどういうことですか？」

「いや、なんか変なところないかなって」

「最近トレードやってないですね。結構ゲームとかもしてますし」

「……ほんまか」

動揺が表に出すぎたのか、井手が、安堵させるように続ける。

「いや、でも今は相場が悪いですからね。上京して資金もだいぶ集まって、根詰めて仕事しすぎたって言ってましたし。ほんと毎日毎日トレード漬けの日々を送ってましたから」

祐介は、俺が紹介した人達以外からも資金を集めて運用している。その情報は耳に入っている。

「トレーダーって毎日モニターとにらめっこしないとダメなんで、かなり疲れがたまるんですよ。俺もこの若さで目と腰ヤバいっすもん。祐介ぐらい大金を動かすと、精神的なストレスもきつそうですし。人の金預かって運用するって、想像するだけでもぞっとしますもん。俺は絶対無理っすね」

「そうか……」

くそっ。自分のことばかり考えて、祐介の状態をまるで考えてなかった。

あいつはまだ二十歳そこそこだ。もっと気を遣ってやらないと。

あいつのお母さんにも、息子さんは任せてくださいと豪語したじゃないか。

鼻から息を吸い、反省と安堵を込めて、大きく吐き出す。

「まああいつ、短期から長期にスタイル変更するって言ってたし、そしたら少しは余裕が生まれるやろ」

「あいつがそんなこと言ってたんっすか？」

井手が、頓狂な声を上げる。

「どうしたんや？」

「あいつ、他のトレード手法は絶対に自分には無理って言ってましたけどね。俺が見ててもあいつの才能と戦略って、完全にスキャルピング特化なんで」

たしかにプロのＦＸトレーダーの大半が、スキャルピングだ。

「まああいつは天才なんで、何か画期的な手法を見つけたのかもしれないいんですけどね」

最後の井手の言葉は、俺の鼓膜まで届かない。どす黒い不安が、ふたたび胸の中に渦巻いた。


俺はその足で、祐介の事務所に向かった。

祐介が出迎えるやいなや、早口で頼んだ。

「祐介、おまえが預かっている金のうちから、いくらか戻してくれ」

もう完全に理解した。

俺に投資は無理だ――。

自分で運用するのも、人に運用してもらうのも向いていない。そのどちらも、強靭な精神力が必要だ。

もう収入の柱とか、金で金を稼ぐとかどうでもいい。

タワーマンションの最上階も、運転手付きのアルファードもいらない。

ペットボトル一本で窮地に陥るほど不安定でも、本業の芸人で地道に稼ぐ。

木下が事務所に復帰できるように力を尽くし、またＴＫＯとして仕事をする。

芸人が、本業以外にうつつを抜かすとろくなことにならない。

師匠や先輩がよく口にしていた。俺も、後輩に忠告したことがある。なのにその大切な教えを、自分自身が忘れていたのだ。

祐介が、目をパチクリさせる。

「いいですけど今渡したら、今後の収益が減りますけど」

「それでええから。戻してくれ」

もう今の収益で十分だ。これ以降は、投資なんて二度とやらない。

「全部渡すと運転資金がなくなるんで、六千万円でいいですか？」

正直全額戻して欲しかったが、それでは祐介が困るだろう。さすがに無責任すぎる。

「わかった。まずは六千万円で、次利益が出たら三千万ずつ戻してくれ」

「了解しました」

祐介がうなずいた。

しばらくして約束通り、六千万円が返却された。事情があって、とりあえずお金を返すとみんなに告げて、それぞれに分配した。もちろん俺の出資分は除いている。

だがほっとしたのはつかの間だった。

その数日後、祐介は姿を消した……。


舌をもつれさせながら、井手に電話で問いかける。

「井手、祐介知らんか？　連絡が取られへんねん」

何度スマホに連絡しても応答もなく、ＬＩＮＥも既読にならない。

今事務所の前にいて、インターホンを連打したのだが、中にいる気配がない。

「俺もずっと連絡してるんですけど、木本さんと同じです。音信不通です」

「とりあえず今すぐ来て、事務所の鍵開けてくれ」

井手がすぐに駆けつけてきた。

祐介はこの事務所に住んでいるが、井手は近くに部屋を借りている。

井手が鍵を開けた。どたどたと中に入り込んだが、モニターなどは残っている。そこは何も変わっていない。

だが祐介の寝室はずいぶん散らかっていた。服が根こそぎなくなっている。

俺は、呆然とした。

「あいつ、飛びやがった……」

ちょっと待て……じゃあ、みんながあいつに預けた一億七千万円はどうなるんだ？　まだ六千万円しか返してもらってないぞ。

脈が速まり、手ではなく指先が震え出した。喉が一瞬で腫れ上がったように、圧迫感と痛みを感じはじめる。

あいつ、まさか、一億一千万円を持ち逃げしたのか――。

「飛ぶって……逃げたってことですか？」

井手の震え声で、現実に引き戻された。

「すみません、祐介は？」

とつぜん別の声がして、腰を抜かさんばかりに仰天した。

弾けるように振り向くと、そこに一人の男が立っていた。

四十代後半で、俺と同年齢ぐらいだろうか。髪の毛を横分けにして、メガネをかけている。

目尻に深いシワがあり、柔和な雰囲気があるが、今ははりつめた表情だ。

井手が口を開いた。

「杉山さん」

俺は、その杉山という人物と自己紹介しあった。

都内でコインランドリーを複数店舗経営している。俺と同様、祐介にお金を運用してもらっていたが、パタリと連絡がつかなくなった。それで心配して、事務所を訪れた。簡潔にそう説明してくれた。

不安を隠さずに、杉山さんが訊いた。

「井手君、祐介が行きそうなところはわからないのかい？」

井手が、首を横に振る。

「ぜんぜんわかんないです。あいつ彼女もいませんし、友達も俺以外いないと思います」

「じゃあどこに行ったんだ？」

「わからないですけど、すぐに戻ってくると思いますよ。疲れて旅行とか行ったんじゃないっすか」

緊張感に耐えられないのか、井手が気楽な口ぶりで言った。

祐介の居場所がわかり次第、お互い連絡を取り合いましょう。

杉山さんと連絡先を交換し、今日のところは解散となった。

祐介と連絡が取れなくなった。そう仲間に伝えると、大騒動になった。

無理もなかった。俺とは桁が違う金額を、祐介に託しているのだ。

一応訊いたのだが、みんな祐介とは音信不通の状態になっている。俺と杉山さんだけではない。あいつは、全員と連絡を断っていた。

あいつを早急に探し出し、出資金の残り一億一千万円を回収する必要がある。もう祐介の運転資金の心配なんてできない。

一週間が経ったが、事態は一向に進展しない。

喫茶店でコーヒーを飲むが、いつもより味が水っぽい。不安は、舌にすらも影響するのだ。

井手が、やっとあらわれた。

「すみません。遅れちゃって」

対面の席に座るが、いつもと様子が違う。井手は人の目を見て会話をするタイプなのだが、今は視線を逸らしている。

気にはなったが、祐介の方が先決だ。

「祐介の居場所はわかったか?」

「いや、誰もわからないそうです」

「北海道のお母さんとか、地元の友達とかは?」

お母さんとは一度話したが、あれは祐介のスマホでだ。祐介の実家の場所も知らない。

「全員訊きましたが、北海道には帰ってないそうです」

井手がコーヒーを飲もうとしたが、ソーサーとカップがカチャカチャと音を立てた。

やっぱり何か変だ——。

井手と別れると、俺はやつのあとをつけた。

井手は店を出てすぐに、細い路地裏に入った。薄汚れた室外機と、銀色のダクトが入り乱れ、水色のポリバケツが転がっている。

空気の循環がないので、生ゴミの匂いが充満している。鼻がひん曲がりそうだ。

整然とした東京も、一歩裏手に回るだけで、こんなに雑多な空間が出現する。なんだか異世界にまぎれ込んだ気分だ。

それはこの場所だけではない。祐介の失踪で、俺という存在そのものが、異世界へと誘(いざな)われている……そんな不気味な予感が拭いきれない。

井手は立ち止まると、スマホを取りだして、誰かと電話をはじめた。

「祐介、木本さんに会ったぞ」

体の芯が、ビリッと震えた。

やはり井手は、祐介と連絡を取り合っていたのだ。こんな人気のない場所に来たのは、それを隠したいという心理が働いたんだろう。

今すぐ井手のスマホを取り上げたい。そんな衝動に駆られたが、歯を食いしばって耐える。

井手が会話を終えて、振り向いた。俺の姿を見て、井手の血の気がサッと引いた。

「きっ、木本さん……」

「井手、説明してくれ」

井手が、観念して告白した。

二日前に、祐介から井手に連絡があった。

このままでは木本さんに囲まれてしまう。あの人が怖い。だから俺は逃げたんだ。祐介は声を震わせ、そう告げたらしい。まるで俺が、悪人のような言い草だ。

だから井手は、俺に怯えていたのだ。

祐介が、一億一千万円を持って行方をくらました。そう教えると、井手はあわてふためいた。

「俺達は、祐介からその金を返してもらいたいだけやねん。だから祐介の居場所を教えてくれ」

軽く唇を嚙んでから、井手はささやくように答えた。

「北海道にいます」

つまり、地元に帰ったということだ。

「井手……」

「なんですか……」

びくりとする井手に、俺は強い口調で言った。

「一つ頼みたいことがある」


俺は、北海道にいた。

十一月だが、東京に比べるとかなり肌寒い。街を歩く女性達はマフラーを巻き、毛糸の帽子をかぶっている。俺も、ダウンジャケットとかを着てくればよかった。

カフェに入ると、暖房が効いている。ちょっと暑すぎるぐらいだ。北海道では、暖房は付けっぱなしだそうだ。

「こっちです」

窓際の席で、杉山さんが手を振っていた。

祐介が北海道に逃亡していると伝えると、杉山さんも一緒に来ると言ったのだ。

杉山さんが、窓の方を見た。

「祐介は来ますかね？」

「きっと来ます」

井手に、俺達から逃げてきたと一芝居打ってもらったのだ。

この近くの居酒屋に、祐介を呼び出してもらった。祐介が姿を見せたら、井手から連絡がくる手はずだ。

「杉山さん、ＦＸの方は詳しいですか？」

「一応五年ほど経験してます。ただ私はてんでだめですね。損してばかりです」

「祐介にはＦＸの才能はあったんでしょうか？」

「そこは間違いないです。祐介には天性の才能があります。私も彼の鮮やかな手際を見て、お金を預ける気になりました」

「たしかに収益は出てました。俺が預けた百万円は、一千万円になってましたし。俺もあいつの腕には感心してました」

「ええ、まさに天才ですね」

杉山さんが目尻を下げた。

「じゃあなぜ祐介は逃げたんですかね？　普通にＦＸをしていれば、あいつも儲けられるのに。まさかお金を持ち逃げできると、本気で思ったんでしょうか？」

杉山さんが顎を触った。

「それはさすがにないんじゃないですかね。犯罪行為ですから」

「ですよね……」

祐介の行動はあまりに不可解だ。やはり井手の言うように、疲れとストレスで、一時的に飛んだだけなのだろうか？

井手からメッセージがきた。『祐介が来ました』と。

「行きましょう」

二人同時に立ち上がった。

斜め向かいにある居酒屋だ。

二階に上がり、靴を靴箱に入れようとする。混んでいるのか、靴箱が一つしか空いていない。ただそれは、板で上下に分かれているので二足入れられる。

俺が先に、下段に靴を入れた。杉山さんが興味深そうに訊いた。

「木本さん、もしかして長男ですか？」

「どうしてわかったんですか？」

「私も長男なんです。子供の頃二段ベッドだったんですが、弟が上で寝たがるものだから、私は下だったんです。先に下を選ばれたので、長男なのかなと」

「……でもベッドと靴箱、あんまり関係ない気がしますけどね」

「たしかにそうですね」

二人で笑う。この人には親近感が感じられる。

ただ、和やかなムードではいられない。靴下で廊下を歩き、一番奥の部屋の扉を開ける。

そこに井手、そして祐介がいた――。

髪の毛をピンクから黒に染めている。目立たないようにするためだろう。

衝撃が大きすぎて、祐介の顔が硬直している。ギギギッと錆びたロボットのように、首をわずかにひねり、井手の方を向く。

井手は、心苦しそうにうなだれている。

俺と杉山さんは、並んで腰を下ろした。

俺達の視線は、祐介に注がれる。祐介の顔から血の気が失せ、唇が小刻みに震えはじめた。その唇の隙間から、蚊の鳴くような声を出した。

「すみませんでした」

そう深々と頭を下げた。

情が入る余地を消すように、俺は努めて冷静に言った。

「もうええから、とにかく残りの一億一千万円をみんなに返してくれ」

それさえ戻れば、祐介は赦(ゆる)すつもりだ。

「……トレードに失敗してありません」

「何言うてんねん。嘘つくなよ。ちゃんとトレードうまいことといってたやろ」

「木本さんに見せていたのはデモ画面です。本当のトレードじゃありません」

「デモ画面……」

祐介がスマホで口座を見せる。たしかに残高がない。仮想通貨のウォレットも同じだ。どちらもすっからかんだ。

目の前がまっ暗になった。腰骨が砕けたように、ストンと座り込んだ。

じゃあ俺は、ずっとだまされていたのか……。

堰(せき)を切ったように、祐介が告白した。

最初はトレードは順調で、着実にお金は増えていった。だが、ある時大失敗してしまった。それから怖くて、トレードを止めてしまった。

さらに祐介は、他で出資者を募っていた。しかも、高額の利回りで。

そちらは単利なので、お金をすぐに渡す必要がある。それを、俺達の一億一千万円から吐き出していたのだ。

　我知らず声が震える。

「じゃあおまえ、こっちの金ははなからだまし取るつもりやったんか」

　祐介が、泣きながら否定した。

「違います。俺に資金を出すっていう人がいたんです。そっちのお金で運用して、木本さん達にお返しするつもりでした。だけど、その話が、とっ、とつぜんなくなって……そっ、それで」

　壊れた笛のように、ひっひっと嗚咽を漏らす。子供のように、顔をゆがめて泣きわめくだけだ。

　もうそこには、天才トレーダーの姿はない。

　終始黙っていた杉山さんが、ひそひそと俺に耳打ちをした。

「木本さん、ちょっといいですか」

　祐介を井手に頼んだ。あの様子ならば、逃げ出すことはないと判断した。

　俺と杉山さんは別の部屋に移った。

　杉山さんが、ため息交じりに言った。

「ポンジスキームですね」

「ええ」

　投資詐欺だ。

　運用益から配当金を渡す。そう言って資金を集めるが、実際に運用はしていない。配当金は新しい出資者の金から支払い、破綻することを前提にお金をだまし取る。

祐介にそのつもりはなかったが、結果的にそうなってしまった。

「警察に相談して被害届を出すのは時間も手間もかかるし、何よりお金は戻ってきません」

「そうですね」

とにかくみんなの一億一千万円を取り戻さないと……俺には、祐介を紹介した責任がある。

杉山さんがメガネを外し、目頭をもんだ。それから重々しい口調で切り出した。

「木本さん、私は反省してるんです。凄腕のトレーダーと紹介されましたが、あんな子供みたいな年齢の人間を簡単に信じてしまって……」

「そうですね」

胸が痛い。それは俺も同じだ。

ワンワンと声を上げて泣く祐介の姿を見て、余計にそう感じる。

「あいつにもう一度チャンスを与えたい。私がきちんと面倒を見ますので、祐介の処遇は私に任せてもらえませんか」

この杉山という人は、こういう人なのだ。根っからの長男気質なのだ。

「どうされるんですか？」

「チームを組んで新たに出資を募り、祐介に運用してもらいます。今度は私が側にいて監視し、今度のような失敗は二度と起こさせません。その収益から木本さん達にお金をお返しする。それでどうでしょうか？」

頭の中で問答をくり返したが、それ以外にお金を取り戻す方法はない。

「……お願いします」

そううなずく以外になかった。

部屋に戻り、俺達の結論を祐介に伝える。

「お願いします。全力で頑張ります」

祐介が、涙目でうなずいた。

「俺も祐介をサポートします」

井手が力強く胸を叩き、杉山さんが目を細めて眺めていた。

正直俺は、そんな微笑ましい気分にはなれなかった。

みんなに一体どう説明しようか？　それを想うと、胸が苦さでいっぱいになった。

「というわけで、今は祐介からの返済計画を待つという状況です」

出資した人間一人ずつに電話をしたり直接会ったりして、そう説明をくり返した。

祐介に怒りをぶつける人、ガクンと意気消沈する人、投資は自己責任ですもんねと納得する人、その反応は十人十色だった。

自分から率先して、祐介を紹介してはいない。でもきっかけは、間違いなく俺だ。

責任感に押し潰され、胃がキリキリと痛んだが、一人一人丁寧に対応した。

やっと説明も、最後の一人までできた。あともう少しだ。鼻から安堵の息を漏らす。

直接会いたいと言われたので、喫茶店で話をすることにした。

花宮さんがあらわれた。

もう最初から、頬がひきつっている。この人が一番厄介だ。そう覚悟していたが、やはりその予想が当たった。

「かっ、彼は見つかったんですか。私のお金は返ってくるんですか」

花宮さんが、矢継ぎ早に質問をする。

俺は、丁寧に状況を説明した。

「現時点では祐介からの返済計画を待つという感じです」

そう話し終えると、花宮さんが不満そうに言った。

「ちょっと待ってください。私はその富井祐介さんにお金を預けたわけじゃないです。木本さんに預けたんです。彼がお金を返せないのならば、木本さんが責任を持って返してください」

「…………」

一瞬何を言っているかわからず、一拍空いてしまった。

「なぜそうなるんですか」

「だって私は木本さんを信用したんです。それで木本さんは、その信用を裏切った。木本さんがお金を返却するのは当然です」

ぞくぞくと、全身に寒気がした。

今目の前にいるのは、得体の知れないバケモノだ……そんな感覚に陥るほど、花宮さんが不気味でならない。

「俺が花宮さんに、お金を預けてくださいなんて一度でも頼みましたか？　花宮さんが祐介とやり取りするのが面倒だから、俺に預けたんでしょ。さすがに、俺にお金を返せというのはお門違いですよ。困ります」

「私の方が困ってるんです！」

なぜか、花宮さんが激昂する。

「木本さんに預けたお金には、私の友人の分も含まれてるんです」

「……ちょっと待ってください。そんなの聞いてませんよ」

ぞっとする俺をよそに、話を先に進める。

「その友人に今回の件を話したら、木本さんは有名人なんだから、木本さんになんとかしてもらえよって言うんです。言われてみればそのとおりだなと」

歯の根が合わず、吐き気が込み上げてきた。

その友人とやらに直接会って説明するか？　いや、それは危険だ。この人の友人なのだから、話が通じない可能性が高い。

何より花宮さんやその友人は、今回の件をマスコミに話すんじゃないか。返金がなければ、絶対俺を逆恨みする。現に今も怒り心頭だ。

このまま放ってはおけない。

「……わかりました。もし祐介からの返金がなければ、俺が花宮さんの分を弁済します」

「それでいいです」

当然だ。そんな風に花宮さんがうなずき、ゴクゴクとコーヒーを飲み干した。

ほっとする間もなく、むくむくと次の不安が湧いてくる。

花宮さんだけではない。他の人からも、この件が外に漏れ出る可能性はある。

俺のせいで被害に遭った。

花宮さん以外は誰も言わなかったが、腹の底では激怒しているのでは？

それに花宮さんのように、他の人のお金を預かっている人もいるんじゃないか？

ちょっと待て。木下もあの一件で、事務所を退所になった。

タバコの燃えかすでも、簡単に山火事になり、破滅へと追い込まれる。それが現代を生きる芸能人のリスクだ。

しかもペットボトル事件の比ではない。一億一千万円の金銭トラブルだ。

表沙汰になれば一巻の終わりだ……。


そこで俺は、花宮さんと同じ約束を全員と交わした。

もしもの時は俺が弁済します、と。

中には木本さんの責任ではない、そんなことをする必要はないと断る人もいた。

でも俺は、弁済すると強情に言い張った。

とにかくこの一件を外に漏らしたくない。その一心だった。


「木本さん、大変でしたね」

バーを経営する小寺が、気の毒そうに切り出した。急に、小寺に呼び出されたのだ。

正直小寺に会う気分ではなかったが、どうしても来て欲しいとしつこく頼んでくるので、仕方なくその誘いに応じた。

前回と同じく、広々としたＶＩＰルームで二人きりになる。

「大変って何がや？」

「祐介の件ですよ。あいつのせいで損失負ったんでしょ」

「なんでそれ知ってんねん」

驚きのあまり、ローテーブルに膝が当たった。

「実は俺も祐介に出資してたんですよ」

「おまえもか」

「俺は少額だったんでそんなにマイナスもなかったんですけどね。まあ俺は勉強代だと思ってます」

あれから杉山さんが尽力しているが、祐介の返済は遅々として進んでいない。

この調子だと、俺が返金することになるのは確実だ。

一億一千万円の借金を負うことを想像すると、身震いが止まらない。

最近その悪夢を見て、深夜に飛び起きることもある。眠りも浅くなり、食欲もなくなっていた。

由香里やマネージャーからも、最近おかしいと心配されている。

ずいっ、と小寺が前のめりになった。

「木本さんが困ってると思って、いい話持ってきたんですよ」

「なんや、いい話って」

「俺が不動産投資してるのは知ってますよね」

無言でうなずく。小寺はそのおかげで、一気に羽振りがよくなったのだ。

小寺が声をひそめた。

「実はですね。俺の知り合いに凄い会長がいて、その人にしか触れられない土地があるんです。年に何回か、その案件に参加させてもらえるんですよ。下手をしたら倍とかもありますよ」

「倍……」

そんな話は聞いたことがない。

「この話はめったにしないんですが、木本さんとは長年の付き合いなんでお助けしたくて。この案件はすぐに利益も出ます。ＦＸの損失を、こっちで埋めてください」

なんてうさんくさい話だ……。でも実際小寺は、不動産投資で儲けている。運転手付きのアルファードが何よりもの証拠だ。

「わかった。頼むわ」

もう藁にもすがる想いだった。とにかく損失をどうにかしたい……。

俺は、なけなしの一千万円を出資した。きちんと公正証書も作成して。

そしてすぐに利益が出た。

なんと一千万円が一千五百万円になった。たった一ヶ月足らずで、五百万円も増えた。

あまりに嬉しくて、ヒュッと口笛をふいた。

小寺の話は本当だった。怪しい話だと顔をしかめていた自分が恥ずかしくなる。俺の窮地を見かねて救ってくれたのに……。

すぐに次の案件が来るというので、小寺の勧めで一千五百万円は預けておいた。

不運は幸運の予兆でもある。運にはバイオリズムがあって、波のように交互に訪れる。

木下の退所と祐介の投資失敗――。

そんな特大の不運が二つもあったのだ。次はその分幸運が訪れる。

売れない絶望の時期が続いて、『レッドカーペット』でブレイクしたように。

その期待に胸を高鳴らせた。

祐介の進捗状況を仲間達に知らせる。

やはり中々うまくいっていないので、みんなの表情が冴えない。

その時、不動産投資で利益が出たという話も知らせた。

もし祐介がだめでも、自分が損失はなんとかできる。その意図を、言外に匂わせるためだ。

それと少しでも景気のいい話をして、場を盛り上げたい。その二つの想いからだった。

「木本さん、次にその話がきたら、絶対誘ってください」

何人かがそう言ってきた。一瞬躊躇したが、きちんと利益が出ている。たしかな話なのだ。わかりましたと了承した。

小寺がすぐに、吉報をもたらしてくれた。

「前とは規模が異なる大きな案件があるんです。木本さん、また乗りませんか?」

「やる」

即答だった。

「この前の一千五百万円を、そのまま乗せた方がいいと思うんですが、どうされますか?」

「そうしてくれ」

複利だ。複利は人類最大の発明だ。

「ただ土地の枠を埋めないと、話自体なくなっちゃうんですよ」

「わかった」

俺はすぐに、この前参加したいと頼んできた仲間に声をかけた。

集まった出資金は、一億五千万円を超えた。かなりの金額だ。

喜んで小寺に伝えたのだが、

「その枠を買うには足りないです」

そうしぶい顔をされた。

「じゃああといくら必要やねん？」

「五億円は必要なので、あと三億五千万円ですね」

「さっ、三億五千万円！」

びっくりして声が裏返る。

さすが規模が異なる大きな案件だ。その分利益も莫大だろう。

「俺も声をかけますが、木本さんの方で、他に出資してくれそうな人のあてはありますか？」

「そんな大金持ってる人おらんわ」

それに自分から出資を持ちかけるのは、根本的に話が違う。

今回も、仲間が教えてくれと頼んだから紹介しただけだ。

小寺が、指をパチンと鳴らした。

「タワーマンションの最上階の方はどうですか？」

「春名さんか……」

たしかに俺の知り合いの中では、一番の富豪だ。

「……いや、あの人はあかん。お金の話はしたないんや」

春名さんは、純粋なＴＫＯのファンだ。

いくら彼が資産家でも、投資という生臭い話をファンに持ちかけるのは、道理に外れている。

ただでさえ木下のペットボトルの件で失望させたのだから……。

小寺が、深刻そうに言った。

「木本さん、正直言いますが、もう祐介の方はあてにならないです。借用書をかわしたんなら、木本さんが弁済しないとだめです。一億一千万円もの大金、どうやって返すんですか？」

「…………」

言葉に詰まる。冷たい不安が、胸の中に広がっていく。

「五億円の出資金を集められたら、会長の俺達に対する信用度はグンと上がります。さらにいい話をくれます。それで一億一千万円はなんとかできますよ」

「ほんまか……」

「こんなチャンスは二度とないです。春名さんに話を持ちかけるのが嫌だったら、今不動産投資で儲かっているという話をされてはいかがですか？　その上で春名さんが興味を示したら、それはかまわないじゃないですか。春名さんにとってもお得な話なんですから」

しばらく悩んだが、観念した。小寺の言うとおりだ。悠長なことを言える立場ではない。

「久しぶりですね。木本さん」

春名さんが、晴れやかな表情で言った。

いつものように、ユニクロの服を着ている。

タワーマンションの最上階の、春名さんの自宅だ。窓の外は雲一つない青空で、成層圏まで見渡せそうだ。爽快な景色だが、そこに目を向けるゆとりなんてない。

「……木下さんの件は本当に残念でしたね」

「すみません。ご心配おかけしまして」

「木下さん、お遍路に行かれたそうですね。よっぽど反省されたんですね」

お遍路とは、四国にある八十八の霊場を巡る旅だ。

お遍路をする人にはいろんな目的があるが、木下はペットボトル事件の自省のため、参拝に出かけたのだ。

「……春名さん、知らないんですか？」

「何がですか？」

「木下、お遍路には行ったんですが、電動自転車でまわったんですよ」

「ほんとですか。反省の旅で、すっごい楽しようとしてるじゃないですか」

爆笑する春名さんに、俺はすぐさま訂正した。

「でも本当は電動自転車じゃなくて、普通の自転車だそうです。本人そこ気にしてるんで、他の方に話す時は注意してください」

「どこ気にしてるんですか。どっちにしろ歩いてないじゃないですか。あーっ、おっかし。やっぱり木下さんって最高ですね」

よほどツボにはまったのか、笑いすぎて泣いている。しきりに指で涙を拭っていた。

俺も、つい笑ってしまう。相方なので迷惑を被ることも多々あるが、芸人としては満点だ。

早く木下を復帰させて、またコントがしたい。春名さんの笑いで、その熱が高まった。

それとやはり、春名さんに不動産投資の話はできない。この笑顔を見て、彼が本当のTKOファンだとわかった。幻滅させたくない。

だが、一億一千万円はどうするんだ——？

気がつけば、声帯が勝手に動いていた。

「……春名さん、俺、最近不動産投資で結構儲けてるんですよ」

小寺の案件の話をすると、春名さんは静かに聞いてくれた。

その表情にも目にも、不快の色はない。安堵で舌がなめらかになる。

「面白い話ですね。小寺が出資者を探してるみたいです」

「はい。小寺が出資者を探してるみたいです」

「その土地の詳細を教えてもらえませんか」

「すみません……極秘案件だそうで、その情報自体が漏れたことがわかると、その会長が話を打ち切ると小寺が言ってて」

自分で口にしていて、その話の怪しさにあたふたする。けれど実際俺は、小寺のおかげで利益を出せたのだ。

春名さんがうなずいた。

「じゃあ残りの三億五千万円は僕が出します」

「春名さんが出すんですか？」

安心と驚きで、声がおかしくなる。

「ええ、木本さんの持ってきた話なんで信用しますよ」

ありがたさと心苦しさを呑み込んで、

「わかりました。小寺に伝えます」

そう頭を下げた。

後日春名さんが、現金で三億五千万円を用意してくれた。

会長は、現金でないと土地を売らない。小寺がそう言ったのだ。

大型のスーツケースが二つある。一つが二億円、一つが一億五千万円だ。

大金を間近で見て、胃液が逆流してきた。口の中が、酸味と苦味でぐちゃぐちゃだ。

他の人間は、小寺に直接お金を渡していたが、春名さんのお金は、俺が小寺に渡す運びとなった。

春名さんが、俺に一任してくれたのだ。

マンションの地下に到着した。小寺からそう連絡があった。

俺はスーツケースを二つ、手に取った。両手にズシリとした重みを感じる。一方のケースは二十キロ以上ある。それが二億円の重みだ。

エレベーターに乗り込むが、同乗する人がおそろしくてならない。手のひらに汗をかいて、ケースの持ち手がすべる。

駐車場に入ると、小寺が待っていた。

いつもはラフな格好だが、今日はスーツを着ている。このまま会長の自宅に、お金を渡しに行くそうだ。

ケースを開けて、現金があるのを確認する。札束を見てくらくらした。

その揺れる意識を串刺しにするように、何かがフラッシュバックした。

それは俺が、ドラマの撮影をしていた時だ。小道具として、大量の札束を使用した。

普通映画やドラマの小道具は、撮影用のイミテーションを使うが、現金だけは必ず本物を使う。お札を複製すると、法律で罰せられるからだ。

そんな大金をはじめて見たので、俺は興奮してはしゃいだ。

スタッフに頼んで写真を撮ってもらい、SNSにアップした。

その額が、七億円——。

自分の人生には到底縁のない大金。だから記念としてそんなことをした。

でも今回、祐介に一億七千万円、小寺に五億円。合わせて約七億円だ。

偶然だが、偶然の一致にしては奇妙すぎる。あの時の俺は、今の状況を予期していたのか？　過去と現実がわからなくなる……。

「木本さん」

いつの間にか小寺が車に乗り込み、車の窓を開けていた。

そこで正気に戻る。

「なんや」

小寺が上機嫌で言った。

「短期で決まる話なんで、来月には利益が出ます。楽しみにしててください」

「わかった」

そう答えたが、笑みは浮かばなかった。


しかし、小寺の約束は守られなかった。

一ヶ月経っても、二ヶ月経っても、三ヶ月経っても、利益は出なかった。その会長が、時間をかけているとのことだ。

あせる気持ちを抑えきれず、何度も小寺に連絡した。

「話が進んでないんやったらお金、返してくれ」

五億円という莫大な金額を預けているのだ。もう神経が耐えられない。

「いやいや、もう会長にお金は預けてるんですよ。なのに全額返してくれなんて頼んだら、会長の信頼を失うじゃないですか。今後案件を任せてもらえないです」

「それはおまえの都合やろ。すぐに利益を出す約束が守れんのやったら、お金は返してくれ」

「……わかりました。じゃあ俺が自分の資産の範囲で返せるものは返していきます。会長の方のお金から、それは相殺させてもらいます」

「それでええから」

何回かに分けてだが、小寺は一億六千万円を戻してきた。

ただ残りは何度催促しても、返済期日を引き延ばすだけだ。

しびれを切らしたところで、ようやく小寺から連絡があった。

「お待たせしました。やっと会長から連絡が来ました。ちゃんと利益が出たそうです。会って直接謝罪したいそうなので、来てもらえますか？」

助かった――。

心の底から安堵し、膝から崩れ落ちた。

この期間、終始落ちつかなかった。仕事をしていたのだが、記憶がところどころない。極度の不安は、記憶を消滅させるのだ。

約束の当日を迎えた。

俺が代表して、その会長と会うことになった。スーツを着て、小寺が迎えに来るのを待っていると、インターホンが鳴った。

郵便配達員だった。封筒の文字が目に留まると、体温が急速に下がった。

『内容証明書在中』

そう書かれていた。差出人は、法律事務所となっていた。受け取りのサインをして、その場で封を破る。

その文章を読み進めるにつれて、目の前に、ドロッとした粘液のようなものが垂れてくる。限りなく現実に近い幻覚――。

要約すれば、小寺が支払う予定だった金が、計画が思うように進まず払えない。ただ本人は払う意思を持っていて、返済計画が立ち次第また連絡する。本人には連絡せず、この弁護士に連絡をしろ……。

暴動が起きたように、頭の中が混乱する。バキバキと、バールで頭蓋骨をこじ開けられるような、強烈な騒音と感覚がする。そんな崩壊する意識の中で、ただ一点だけ、はっきりと理解できた。

つまり……小寺は三億四千万円が払えない。

その後、俺は春名さんを含めた出資者に説明した。

このお金は絶対に取り返します。もしもの時は自分が責任をとって代位弁済をします。みなさんの手元には何年かかってもお返しします。

祐介がＦＸで失敗した時と同じ台詞を、今回も口にしていた。

俺は壊れたレコードか？　タイムリープでもしているのか？

わかった。わかったぞ。七億円の写真をＳＮＳにアップした時点で、俺は、時の狭間に迷い込んでいたんだ。絶対にそうだ――。

混乱の渦の中心に、さらなる混乱が渦巻いている。もう自分が何をしているのか、どんな状況なのかも理解できない……。

俺は、四億五千万円の負債を負った――。

第六章　二人

二〇二二年

「これいらんから売って」

由香里がバッグを持ち上げた。ブランドもののバッグだ。学生時代にアルバイト代をはたいて買って、ずっと大事に使っていた。

投資で稼いでいいものを買ってやろう、おいしいものを食べさせてやろう。そんな算段をしていたのに、現実は真逆だ。

情けなさで、首が折れ曲がる。

「……ごめん」

「ごめんは禁止って言ったやん」

「……ごめん」

「ほらまた」

由香里が鼻から息を吐き、肩を落とす。またごめんと言いかけて言葉を呑み込む。

貯金をすべてみんなへの返済にあてたが、足りるわけがない。

車、時計、靴、服など金に換えられるものはすべて売り払った。

父さんやきょうだい、親戚に頭を下げて借金をした。

金策に駆けずり回っていると、一番恐れていた事態が起きた。

マスコミにかぎつけられ、それが報道されたのだ。自分で借金を負って、なんとか情報が漏れないように奮闘したのは、まるで無意味だった。

新聞、テレビ、雑誌、ネット、あらゆる媒体で取り上げられた。まさにピエロだ。

七億円という額の大きさは、人々の耳目を集めるには十分だった。

投資をしないか。お金を俺に預けろ。俺がたくさんの人を勧誘し、後輩を脅し、多額のお金をかき集めた。まるで、詐欺の首謀者のような扱われ方だった。

投資は自己責任のはずなのに、なぜ木本が弁済するんだ。それに手数料やマージンを取らないで、なぜ人を紹介するんだ。おかしすぎる。どう考えても、木本がだます側だったに違いない。

世間からすると、俺の行動はよほど奇異に見えたのだろう。冷静に考えればそのとおりなのだが、当時の俺はまるで気づかず、バカみたいに運命に翻弄されていた。

金融リテラシーのなさも揶揄された。知らないと言いたくない俺が、日本中から無知を笑われた。

だいたい俺は、祐介や小寺が登録業者かどうかもろくに調べていなかった。

金融商品取引法で、投資案件を勧誘するには、国の登録が必要なのだ。

調べた結果、あいつらは無登録業者だった。

それを聞いた時、思わず笑った。カラカラに乾いた、砂のような笑い声。もう自分が滑稽でならなかった。


そして、俺は松竹芸能を退所した。

これだけの騒ぎを起こして、のうのうと居座れない。後輩にも面目が立たないし、このままだと事務所に迷惑がかかる。

由香里が、そろそろと切り出した。

「もういい加減、木下君に連絡した方がいいんやない」

「……そやな」

そう、大事なことができていない。

木下に伝えなければ。何度もスマホをタップしようとするのだが、そのたびに指が止まった。

あいつがペットボトル事件を起こした時、俺は木下を責め立てた。何してんねんと声を乱した。

今回の俺が起こした騒動は、ペットボトル事件の比ではない。

一体、木下になんと責められるか……それを考えると気が重くて、中々連絡ができなかった。

とはいえ、いつまでも放置できない。自分の部屋に向かおうとしたが、足がふらついた。

最近何を食べても胃が受けつけず、すぐに戻してしまう。体重もガクンと減ってしまった。

　どうにか力を入れて歩く。ふくらはぎの肉も落ちたのか、足がスカスカと頼りない。

　部屋に到着すると、息を整えた。腹を据えて通話ボタンを押すと、すぐに木下が応答した。

「大丈夫か。木本」

「すまん……松竹復帰できんくなって」

　今年の年末には、木下が事務所に復帰できるよう準備をしていた。

　木下が松竹に戻り、いよいよＴＫＯが復活する。それを、俺の騒動でぶち壊しにした。

「そんなん気にせんでええ」

「それと、俺も松竹辞めることになった」

　二人そろって事務所を退所――。

　俺も木下も、芸人として息の根を止められたも同然だ。

　すると木下が、声の調子を変えずに言った。

「わかった。それより俺に何かできることないか」

　胸のまん中から、込み上げるものがあった。

　木下が不祥事を起こした時、俺は厳しい言葉を浴びせた。反省を促すような言い方もした。

　なのにこいつは、一切俺を責めなかった……。

「今はＳＮＳを開いたり、コメントとか見んなよ。ショック受けるだけやからな」炎上の先輩として、いろいろ教えてくれる。

その優しい言葉一つ一つが、じわっと心に染みてくる。

俺達は、久しぶりに二人で話し込んだ。

あきらめてまぶたを開ける。

ベッドから体を起こして、座り込んだ。頭の中がどんよりとし、視神経が切り刻まれたように、目の奥がズキズキと痛む。

もうずっと眠れない。騒動の最中もそうだったが、まだ少しは眠れる余地はあった。でも報道後は、文字通り一睡もできない。

疑問が濁流となって、眠りを妨げている。

なぜ小寺の話になんか乗ったんだ？　なんだ、会長にしか触れられない土地って？　怪しすぎるだろ？

なぜ祐介を信用したんだ？　なぜデモ画面を見破れなかった？　なぜ仮想通貨なんかに夢中になった？

そもそも木下の一件も、俺が注意していれば、未然に防げていたはずだ。

無数の選択ミスが、雪だるまのように膨れあがって、今の最悪の状況を生み出した。

歴史にｉｆはないというが、もしああしてたらと思わない日はない。

その後悔が胃酸を分泌させ、何を食べても戻してしまう。せめて寝なければ身がもたないと、昼夜問わずベッドに入ってまぶたを閉じるのだが、まどろみすら訪れない。

あきらめてリビングに行くと、スマホにメッセージが届いた。あの一件以来、いろんな人からたくさんのメッセージが来るが、満足に返信もできていない。

画面の一文を見て、ドキリとした。

『自殺すんなよ』

ちょっと待て。俺が自殺することを心配しているのか？　俺はそんなことをしでかしたのか……。

でもよく考えてみれば、数億円の金銭トラブルだ。たしかに金銭トラブルで自殺するニュースも、数多く目にしている。映画やドラマでも、首をくくっている金額だ。

死んだ方がいいのか……。

こんな大事件を起こして、世間を騒然とさせ、大恥もかいた。

俺と関わるすべての人に迷惑をかけ、失望させてしまった。

生きる価値なんて、どこにもない。これから生きて、一体何をするんだ？

吸い寄せられるように、スマホをタップする。検索窓に、『自殺　方法』と入力する。

「寝れんかった？」

声をかけられ、ひっと悲鳴を上げかけた。

振り返ると、由香里がきょとんとしていた。

その足元には、『ポン吉』と『パピコ』がいる。ペットのヨークシャーテリアだ。

犬の散歩は俺の役目だが、家の周りにマスコミが待ち構えているので、俺は表に出られない。

そこで由香里が散歩をしてくれるのだが、ポン吉とパピコが俺の犬だとバレている。

ＳＮＳで、二匹の写真をよくアップしていた。まさかこんな事態になるなんて思いもしなかった。ほんと俺は、やることなすこと全部裏目に出る……。

だから犬の散歩中に、由香里が取材陣に質問された。その対策として、人がいない時間帯に、マンションの廊下で散歩させている。

二匹とも外に出られないので、見るからにしょんぼりしている。クゥーンと悲しそうな目をして、俺を見上げている。

「……俺、生まれてこうへん方がよかったな」

由香里だけでなく、ポン吉とパピコにまで迷惑をかけている。

もう自分の存在そのものに嫌気がさしてきた。今すぐ消えたい……。

由香里がふうと肩を落とすと、リビングから出て行った。弱音ばかり吐きすぎて、愛想を尽かされたようだ。

でもすぐに戻ってくると、由香里が何かを渡してきた。映画のＤＶＤだ。

「ちょっと映画でも見て気分転換したら」

パッケージは白黒で、ずいぶんと古めかしい。

「『素晴らしき哉、人生！』……」

聞いたことのある題名だが、見たことはない。世界名作映画と書かれた横に、一九四六年作品と記されている。

「木下君は、これ見てるよ」

「なんでそんなん知ってんねん」

「木下君、三谷さんの『ステキな金縛り』に出たでしょ」

三谷幸喜さんが木下を気に入って、自身が監督する映画に抜擢してくれた。

その映画の題名が、『ステキな金縛り』だ。

思い返せば、当時のＴＫＯは絶好調だった。

「あの映画の中で、『素晴らしき哉、人生！』の話が出てくるの」

うろ覚えだが、かすかにその記憶がある。なるほど。木下は『ステキな金縛り』に出演しているのだから、当然『素晴らしき哉、人生！』も見ている。

「いい映画だから見て」

「……じゃああとで見るわ」

「あとはだめ。今すぐ見て」

「……わかった」

正直映画なんか見る気分ではない。しかもスカッとする最新のアクション映画ではなく、七十年以上前の古い白黒映画だ。

ただ由香里が、これほど強く勧めるのだ。無視するわけにはいかない。

自分の部屋に戻り、デッキにＤＶＤを入れる。


時はクリスマスイブ、主人公はベイリーという男だ。

彼はその夜、自殺をする予定だった。

それを阻止するために、天使達が話し合うシーンからはじまる。

いきなり自殺というフレーズが出てきたので、ぐっと前傾姿勢になる。まさに今俺も、それが頭にちらついていた。

ベイリーは、とにかく運の悪い男だ。

冷たい冬の池に落ちた弟を助けたために風邪をひき、片耳の聴覚を失う。

大学進学を夢見ていたが、父親が死去。しかたなく、父親の住宅金融会社を継ぐ。

世界中を巡りたいのに、結局地元から出られなくなる。

稼ぎの少ない人のために、儲け度外視の商売をしているため、ベイリーも貧乏暮らし。

自宅もボロボロだ。

数少ない幸運は、ベイリーに恋する美女・メアリーと結婚できたことと、命を助けた弟が、海軍のパイロットとなって、名誉勲章を受けたことぐらいだ。

こんな不運なベイリーに、人生最大の試練が訪れる。

社員である叔父が誤って、会社の資金を紛失したのだ。そのお金がなければ会社が倒産し、刑務所行きとなる。まさにふんだりけったりだ。

ベイリーが金策に走り回るシーンでは、胸がぐっとしめつけられた。

自分が今、その状況に置かれているからだ。借金をどうにかしようと、必死に駆けずり回っている。

まるでベイリー自身になったように、映画の世界に没頭した。

万策尽きたベイリーは、橋の上から身投げしようとする。生命保険のお金で、会社の損失を埋めようとしたのだ。

そこで天使のクラレンスが機転を利かし、ベイリーの自殺を阻止する。

悲嘆に暮れるベイリーが、かすれた声で言う。

「生まれてこなければよかった……」

はっと息を呑み込んだ。

俺も、さっき同じ台詞を口にした。

人は絶望の淵に立つと、みんな同じことを考えるんだ……。

そこで天使のクラレンスが、恐ろしい世界をベイリーに体験させる。それはベイリーという人間が、この世に存在しない世界だ。

誰もベイリーのことを知らない。友達も母親も、妻のメアリーも、ベイリーが誰なのかわからない。当然ベイリーの子供は生まれていない。

ベイリーがいないせいで、住宅金融会社は潰れ、街の人には快適な家がない。

金持ちの悪人が支配する、地獄のような街と化している。

しかもベイリーが命を救った弟は、ベイリーの存在が消えたため、九歳で幼くして溺死していた。名誉勲章を得た海軍の英雄である弟は、無残にも、冷たい墓の中で眠っていた。

ベイリーがいないと、あらゆる人々が不幸になる、悪夢のような世界となるのだ。

激しい衝撃を受けるベイリーに、クラレンスがこう諭す。

「一人の命は、大勢の人の人生に関わっている」

その真実を悟ったベイリーは、両手を組んで心から懇願する。

「元に戻してくれ。妻と子供達の元へ返してくれ。

まだ生きたい……生きたいんだ」

クラレンスは、その頼みを聞き入れる。ベイリーの望み通り、元の世界に戻してくれた。

といってもお金の問題は何も解決していない。ベイリーは絶体絶命の窮地のままだ。なのにベイリーにはその暗く一筋の光すらなかった現実が、バラ色に見えてならない。

そしてベイリーが家に帰ると、奇跡が起こっていた。

クリスマスイブの奇跡が――。

THE ENDのマークが出ると、頬に熱いものを感じた。

涙が両目からあふれ、首筋が濡れる感触がした。息が苦しくなるほど、鼻水もボタボタとこぼれてくる。

涙の海で、ぼやけて何も見えない。歯の隙間から、うっうっと、嗚咽が漏れ出てきた。

やっぱり、死にたくない。

俺は、俺は、生きたい。

いっ、生きて、生きていたいんだ――。

ベイリーと同じ想いが、ヒタヒタと胸を浸していく。息も絶え絶えだった感情が、色鮮やかに甦(よみがえ)ってくる。

心が……心が、震えて止まらない……。

「いい映画だったでしょ」

いつの間にか、由香里が部屋にいた。

「うん……」

ズズッと鼻水を啜って答える。

「TKOのコントで救われた人も大勢いるんだから、もう生まれてこない方がよかったなんて言わへん?」

「ごめん……」

由香里が呆れ混じりに叱る。

「ごめんって言わへん約束やろ」

「ごめん……」

涙と鼻水でぐちゃぐちゃになりながら、俺は、何度も何度も謝った。


「おうっ」

照れくささを感じながらも、俺は軽く手を上げた。

「久しぶりやな」

木下は口角を上げげたが、その目の驚きの色は隠せない。

俺の変貌ぶりに仰天したのだろう。何せ体重が十五キロも減ったのだから。ただこれでも、少しはマシになった。

今日は、木下と二人で会うことにしたのだ。家の近所にある事務所に来てもらった。

電話やＬＩＮＥで連絡は取り合っていたが、こうして面と向かって会うのは、本当に久しぶりだ。

二人の空気に、雑音のようなものが混ざっている。これがブランクというものなんだろう。

木下が口火を切った。

「最近、何してんねん」

「バイトやな」

事件のせいで、芸人の仕事はできない。

だから生活費を得るために、アルバイトに励んでいた。マンションのワックスがけや、映像編集を手伝ったり、友人夫婦の子供のベビーシッターをしている。

「そうか……映画は見れてるんか」

『素晴らしき哉、人生！』があまりによかったので、木下にその感想を伝えていた。

「また見たわ。あれほんまにええ映画やな」

「えらい気に入ったんやな」

「あんな素晴らしい映画があるんやったら、もっと前に俺に勧めてくれよ」

木下が三谷さんの映画『ステキな金縛り』に出たのは、十年ほど前だった。

「そやな」

俺の精神が復調しているのを感じたんだろう。木下の瞳に、安堵の色が窺える。

お互いの近況を軽く話すと、もう帰ると木下が言った。今日は、俺の顔を見に来ただけだと。

玄関まで見送ると、

「これでなんか旨いもんでも食ってくれ」

押しつけるように何かを渡すと、そそくさと出て行ってしまった。

それは封筒だった。しかもかなり分厚い。中を確認して目を疑った。

そこに、札束がぎっしり入っていたのだ。

木下がお金をくれる？　中学生からの親友だが、そんなことこれまで一度もなかった。

その瞬間、あのシーンを思い出した。

『素晴らしき哉、人生！』のラストシーンだ。

主人公のベイリーの友人・サムが、困り果てたベイリーに大金を寄付したのだ。

それと同じことを、あのケチな木下が？　しかもこんな大金を？

あいつも仕事がなくて、カツカツの生活を送っているのに……無理に無理を重ねて、俺にくれたのだ。

まぶたの裏が熱くなると同時に、あることに気づいた。

封筒の中にはお札だけでなく、手紙も入っていたのだ。

木下が、俺に手紙をくれるのもはじめてだ。

呼吸に意識を向けて、胸を落ちつかせる。それから、おもむろに読みはじめた。

木本へ

手紙なんてほとんど書かへんし、木本宛の手紙なんて死ぬほど照れくさいけど、今の俺の気持ちを伝えたくてペンを取りました。ってこの言い方であってるよな？

おまえから投資トラブルの件で電話があった時、頭の中がまっ白になった。自分のことは棚に上げて、木本何してくれてんねんって思った。

でもそれから冷静になって、ずっと考えてた。なんでこんなことになったんやろって。

コンビ二人で不祥事を起こすなんて、こんなに情けないコンビ他にはおらへん。

まずは、俺のペットボトル事件。

東京で売れて、知名度もグンと上がった。バラエティー番組だけでなく、映画やドラマも出られるようになった。

それで、芸人以外の有名人とも知り合えるようになった。

そんな人達と遊んで騒いで、ワイワイ楽しむ。

元々俺は、ディスコやバーで働いてた時からそういうのが好きやから。俺にとっては、それが自然なことやった。

そんな陽気でハッピーな光景を、SNSで上げてみんなに見てもらう。芸能界ってこんなに楽しいんだって、憧れの目で見て欲しかった。

そんな中、あのペットボトル事件が起きた。

それからの世間の声を聞いて、俺はマジでびびった。俺ってこんなに嫌われてたんかって……。

ユーチューブで謝罪動画をアップしたら、低評価が嵐のようについた。日本一の低評価数らしい。

つまり俺は、日本一の嫌われ者やった。

本当にショックやった。今はどうにかネタにできてるけど、当時はぜんぜん笑えんかった。

みんなから好かれ、愛され、おもろいと思ってもらえる。そんな芸人を目指してたのに、現実は真逆やった。

日増しに増えるバッドの数と、ボロクソに書かれたコメントを見るのが怖かった。

ＳＮＳ全体のコンセントがあるんやったら、それを引っこ抜きたかった。

そこで気づいた。俺は調子に乗ってたんやって……あの一本のペットボトルが、それに気づかせてくれた。篠宮には、後輩達には本当に悪いことをしたと思ってる。

そして俺は、ずっと木本に頼っていた。

高校生の頃は、おまえがライブの会場を用意して、客も集めて、俺はそこで歌うだけ。芸人になろう。松竹に行こう。森脇さんのラジオに乗り込もう。

何から何まで、おまえがお膳立てしてくれた。

おまえは俺が持ってない、行動力と営業力がある。

ちなみに今回の投資トラブルは、それが悪い方へと働いた。

おまえ気づいてないかもしれんけど、営業力とんでもないからな。普通声かけて、そんな何億円も集まらんから。俺やったら一万円ぐらいや。

……まあ、それはええ。

木本が道を作り、俺はそれを歩く。そんな風に考えていた。

でもおまえが今回大失敗して、むちゃくちゃうろたえた。

木本が道を誤ることがあるんやって……その時はじめて、俺は、おまえに頼りっぱなしやったことに気づいた。

もっと俺がしっかりしてたら、木本は大丈夫やった。俺の失敗がおまえにまで影響した。それを心の底から反省した。

こうして俺達二人は、どん底にまで落ちてもうた――。

ぶっちゃけて言うと、もう前みたいな仕事はでけへん。二人そろって不祥事を起こしたコンビを、スタッフは使いたがらへんやろ。

どれだけ時間が経っても、赦してくれへん人も数多い。きびしいけど、それが現実や……。

でも、俺らにはコントがある。

売れなくて、やさぐれて、泥の中でもがいていた時でも、コントだけは作り続けた。そこだけは、俺達はぶれんかった。

だから、レッドカーペットでブレイクできた。

最初から、養成所でブティックＢＯＯのネタをやったあの時から、すでにわかってたんや。


俺達ＴＫＯは、コントでできてるんやって。


木本、またコントやろうぜ。本気の本気でコントに向き合おう。みんなに、おもろいコントを見てもらおう。

すぐには無理かもしれん。おまえの体と心が回復するのも、お金の問題が解決するのも、時間がかかるやろ。

その間、俺はネタを作っとく。コントを磨きに磨いとく。

もしその中から、おまえがおもろいと思えるものがあったら、それをやろう。

その日を俺は、楽しみに待ってるから。

相方兼親友・木下隆行より

手紙を読み終えると、ふうと大きく息を吐いた。

肺に吸い込まれる新鮮な空気に、木下への感謝の想いが溶け込んでいた。じんわりと腹の底から、温かな気持ちが広がっていく。

その感謝を指先に込めて、スマホでメッセージを送る。

『お金と手紙ありがとうな。金ないくせに、〈素晴らしき哉、人生！〉の、金持ちの友達みたいなことすなよ。これからおまえのケチイジりできへんやんけ』

今の俺が一番喜ぶこと——。

木下が、それを一生懸命考えてくれたことが、心の底から嬉しい。

すぐに返信がきた。

『なんのこと？　言いそびれたけど、俺、その映画見てへんからぜんぜんわからんわ』

「見てへんのかい！」

反射的にツッコんでいた。

それからくつくつと、腹の底から笑いが込み上げてくる。

やっぱり木下は、俺の相方はおもろい。

お金に、手紙に、そしてこの笑い……。

あいつは最高のプレゼントをしてくれた。

その相方のくれた贈りものを、俺はいつまでも堪能していた。

エピローグ　二〇二三年

俺と木下は、舞台袖にいた。

暗がりの中で、緊張感と高揚感を堪能する。三十年の芸歴の中で、そのどちらも、今が一番高まっている。

鼻から大きく息を吸う。かすかな埃の匂いと、今か今かと開演を待つ、お客さんの熱気が、鼻孔をくすぐった。

芸人だけが味わえるその感覚が、耳元で教えてくれる。

我が家に帰って来れたんだ、と。

ここが、この舞台こそが、俺達コント師にとっての家だ。

そう、これから、本当に久しぶりに、コントライブを行うのだ。

いろんな人の協力を得て、金銭面はどうにかめどがついた。

三億五千万円も損した春名さんが、投資は自己責任なんで、と俺に弁済をさせなかった。

祐介からの返済がはじまり、小寺の弁護士からは返済計画がきた。今こちらの弁護士と話し合っている。ようやく復帰へのめどがたった。

木下が声をかけてきた。

「記者会見の時よりは緊張せんやろ」

一度胸に手を置いてから答える。

「うーん、どやろ」

今年の一月に、俺は記者会見を開くことができた。

半年ぶりに公の場に顔を出す。しかも記者会見……尋常じゃないくらい緊張した。

会場の記者からは想像以上に温かく迎え入れられ、経緯の説明と謝罪の言葉を落ちついて伝えさせてもらった。

木下もスーツを着て参加し、きちんと謝罪することができた。最初はお気に入りの短パンで会見に臨もうとしたが、周りが止めてスーツになった……。

賛否両論はあったが、どうにか復帰することができたのだ。

もう一度深呼吸をした。いつもより濃厚な、舞台前の空気を肺に入れる。

ほんの数年前までは、コントライブは日常の中の一つだった。

でも今は、このライブを開催することが夢になっていた。その夢がとうとう叶う。

今日という一日を、俺は一生忘れない——。

木下が、俺の背中に触れる。

そこで気づいた。

いつの間にか、木下が手袋をしている。迷彩模様のミトンの手袋。

その瞬間、脳裏にあの時の記憶が甦った。

四十年ほど前の、十四歳の頃の、木下と俺がピーワンのローラースケート場ではじめて出会った時の……。

俺は口を開いた。

「その手袋おしゃれやな」

木下が、はにかむような笑みを浮かべる。太ったが、その表情は十四歳の時と変わらない。

そう、俺達は、ＴＫＯはこの一言からはじまったんだ。

また一からやろう。木下はそう言いたいのだろう。その気持ちが胸に響いてくる。

いや、一じゃないな。ゼロだ。ゼロからはじめよう。

十四歳の少年じゃなく、五十歳を過ぎたおっさん二人が、汗を流してはしゃぎまわる姿を、みんなに見てもらおう。

願わくは、弾けんばかりの笑顔と、会場が揺れるほどの笑い声とともに。

木下とならば、きっとできるはずだ。

「お願いします」

スタッフが呼びかける。

俺と木下は、夢の舞台へと一歩、足を踏み出した。

あとがき

子供の頃からお笑いが好きだ。

関西生まれというのもあり、お笑いが生活の一部という環境で育った。

僕が十代の頃に、関西若手芸人ブームが起きた。千原兄弟さんやジャリズムさんなどが、お笑い感度の高い関西の若者の心を摑んだ。

ダウンタウンさんは当時もうスターで、遠くにいる存在だったが、あの頃の関西若手芸人はまだ身近な存在だった。近所のお兄ちゃん達が、テレビの中で遊んでいる感覚だ。

そんな若手芸人の中に、この小説の主人公であるＴＫＯさんがいた。

多感な時期に夢中になったものは、その後の人生に深く影響する。

僕は放送作家となり、お笑いの仕事に携わるようになった。

担当していた番組に、何度もＴＫＯさんがゲストで来てくれた。昔テレビで見ていたＴＫＯさんと一緒に仕事ができて、胸を弾ませた記憶がある。ＴＫＯさんは近所のお兄ちゃん感が、より濃厚なお二人だったのもあるんだろう。

それから月日が流れ、僕は作家デビューをして小説を書くようになった。

そして木下さんのペットボトル事件、木本さんの投資トラブルが起きた。

あのＴＫＯさんがコンビそろって不祥事を起こし、二人とも芸能界を追われる？　特に木本さんの投資トラブルの方は信じられなかった。

しばらく経ってＴＫＯさんが、「僕達ＴＫＯの人生を小説にしてくれませんか」と依頼してくださった。一切の躊躇もなく、やらせてください、と即答した。

不遜かもしれないが、これは自分にしか書けないし、自分が書くべきだと感じた。

お二人と会う時は、若干ながら緊張した。あの騒動が起きて以来、ＴＫＯさんがそろう場面を見ていなかった。

久しぶりに会ったお二人は、やはりどこか疲れて見えた。雨に濡れた二匹の老犬みたいだった。

でもお二人は昔の思い出話を語るにつれ、徐々に元気になっていった。あんなんあったな、こんなんあったな、と笑顔で語り合うお二人が、どんどん若返って見えた。

傷つき瀕死寸前の木本さんと木下さんが、お互い追憶することで、自分達を癒やしている。そう感じてならなかった。

それから何度もＴＫＯさんに話を聞いた。情けなさもみじめさも包み隠さない。その時々の心のひだまで話してくださった。お二人のこの小説に懸ける想いが伝わってきた。

正直僕の想像以上に、ＴＫＯさんの人生は波瀾万丈で、物語性に満ちあふれていた。ワクワクとドキドキ、憧れと嫉妬、苦悩と葛藤、こんなことが現実に起こるのかという驚きの連続だった。

作家が頭で考えたストーリーは、現実には敵わない。その言葉を、まざまざと思い知らされた。

執筆に取りかかる前に決めたのが、ただの芸能人の暴露本にしないということだ。ＴＫ

Oを主人公にした歴史小説を書きたかった。

さんまさん、ダウンタウンさん、笑福亭鶴瓶師匠、ジュニアさん、いとし・こいし師匠、タモリさん、三谷幸喜さん、お二人が出会い触れ合った方々は、僕も影響を受け、自身の一部となっている人達でもある。

木本さんの視点で小説を書きながら、何か追体験をしている気分だった。

歴史上の人物も、その人生を要約すれば数行で終わる。

でもそれを物語にすることで、より魅力的に、より身近に感じられる。それが物語の利点であり、素晴らしさだ。

世間的に見ればＴＫＯさんは、不祥事を起こしてどん底に落ちた、ただのベテラン芸人……その程度の認識かもしれない。

でもたった数行で、人の人生は理解できない。この一冊を通じて、どうしてもそれを伝えたかった。

この本は事実を基に、フィクションの要素を加えました。この小説の性質上、著名人の方々の名前はそのままで、他の一般の方々は仮名にさせていただいています。その点はご了承ください。

そして今回貴重な機会を与えてくださったＴＫＯさん、出版社の方々、関係者の方々に改めて御礼申し上げます。感謝しかありません。

ＴＫＯとは挫折と再生のコンビです。壮絶な挫折を経験されたお二人は、次は再生と復活の姿を見せてくれるはずです。

ＴＫＯは立ち上がる。何度でも――。

この小説を書いた作家として、一お笑いファンとして、お二人の今後を見届けていきたいです。

浜口倫太郎

『転落』Staff

＜著＞

浜口 倫太郎（はまぐち りんたろう）

小説家、放送作家、漫画原作者。
1979年、奈良県生まれ。放送作家として、『ビーバップ！ハイヒール』（ABCテレビ）、『クイズ！紳助くん』（ABCテレビ）、『たかじん胸いっぱい』（関西テレビ）などを担当。2010年『アゲイン』（のち、『もういっぺん。』に改題して文庫化）で、第5回ポプラ社小説大賞特別賞を受賞し、小説家デビュー。『22年目の告白 －私が殺人犯です－』（2017年4月、講談社）が20万部を超えるベストセラーとなる。その他の著作に『私を殺さないで』（2019年2月、徳間書店）、『AI崩壊』（2019年11月、講談社）、『お父さんはユーチューバー』（2020年7月、双葉社）、『ワラグル』（2021年7月、小学館）、『闘資』（2021年11月、双葉社）などがある。

TKO（ティーケーオー）

木本 武宏（きもと たけひろ）と木下 隆行（きのした たかゆき）によるお笑いコンビ。
1990年結成。1994年、『ABCお笑い新人グランプリ』新人賞を受賞。2006年に5回目の挑戦にして初めて東京進出を果たし、以降、テレビ東京系バラエティー『イツザイS』、フジテレビ系バラエティー『爆笑レッドカーペット』など多数のバラエティー番組に出演。人気お笑いコンビとしての地位を確立する。TBS系『キングオブコント』ファイナリスト（2008年、2010年、2011年、2013年）。コント経験を生かし、バラエティー以外にもドラマ、映画など多数出演するも、両者ともに不祥事を起こし、松竹芸能を退社。現在は再びコンビとして、フリーで活動中。

＜カバー写真＞
菊田孝徳

＜装丁＞
bookwall

＜DTP＞
美創

＜制作協力＞
犬伏逸朗

＜編集＞
片野貴司（幻冬舎）

転落

2023年4月23日　第1刷発行

著　者　浜口倫太郎、TKO
発行人　見城 徹
編集人　福島広司
編集者　片野貴司

発行所　株式会社 幻冬舎
〒151-0051　東京都渋谷区千駄ヶ谷4-9-7

電話　03(5411)6211(編集)
03(5411)6222(営業)
公式HP:https://www.gentosha.co.jp/
印刷・製本所　図書印刷株式会社

検印廃止

Printed in Japan
ISBN978-4-344-04113-4　C0095

この本に関するご意見・ご感想は、
下記アンケートフォームからお寄せください。
https://www.gentosha.co.jp/e/